プラチナ文庫

Platinum Label

恋狐の契り

渡海奈穂

"Koigitsune no Chigiri"
presented by Naho Watarumi

JN267289

プランタン出版

目次

※本作品の内容はすべてフィクションです。

1

最初の記憶はあたたかな、優しい手の感触だった。

その手が頭を、背中を、そっと撫《な》でる。

絶対に傷つけられることはないと、何も怖いことはないのだと、教えるように。

だからとても安心した。

優しい場所がこの世にあるのだと、愛されることが自分にもあるのだと、初めて知った。

ただその記憶はとてもおぼろげで、微《かす》かなもので——夢の合間に見るような感覚でしかないことを、思い出すたびに、理也《まさや》はとても残念に思っていた。

2

両親は事故で亡くなったのだと聞かされていた。

高校一年生になる三枝《さえぐさ》理也は、そういうわけで気づいた時には天涯孤独で、子を得ることのなかった夫婦の元で養子として育てられている。

中学生に上がる辺りまでの記憶がないのは、その事故の影響だという。よって当然、理也はその事故自体も、両親についても、一切覚えていない。

覚えていないことを悲しいとは思わなかった。自分が不幸だと思ったこともない。

義理の家族はとてもよくしてくれるし、衣食住に困ることもなく、私立の学校にも通わせてもらって、部活動までやらせてもらっている。

本当は集団で活動することは苦手だったし、運動も好きじゃなかったから、陸上部に入っているのは理也にとって少し気が重い。ただ、養父母が『もう少し体を鍛《きた》えた方がいいから、運動をしなさい』としきりに進めるので、断れなかった。

養父母の心配するとおり理也はどちらかというと虚弱で、すぐに寝込んだり熱を出したりしたし、身長の割に体重が極端に少なくて、見るからにひょろひょろだ。自分でもみっともないと思っていた。高校に上がる頃には少しだけ丈夫になっていたので、たしかに、運動をするのはいいことなのだろう。

ただやっぱりどうしても、人の間にうまく交われない。

「おい、ぼうっとしてんじゃねえよ。さっさと片づけろ」

バシッと、後頭部に軽い痛みを感じて理也は首を竦《すく》めた。部活動の終わる頃、二年生の先輩に、通りすがりに頭を叩《たた》かれた。はい、と理也は精一杯大きな声を張り上げる。その頃には、先輩の姿はもうずっと遠くにある。走って、他の部員のところに行ってしまった。

日の暮れかけた初夏のグラウンドで、他の一年生たちは楽しそうに軽口を叩き合いながら、片付けを始めている。理也が所属しているのは割に気楽な雰囲気の部だ。どちらかというと運動より学業に力を入れている私立校で、練習も週に三日で土日は休み、体育会系と聞いてイメージするような先輩後輩のぎすぎすした縛りもなく、こうして練習時間の範《はん》疇《ちゅう》であっても一年生にお喋《しゃべ》りが許されているほどだ。

頭を叩かれたのは、あの先輩がどうしても理也のことを気に喰《く》わないかららしい。ごくたまにああして小突かれたり、嫌味を言われたり、邪魔そうに舌打ちはされるものの、陰湿なイジメというほど深刻なものではないので、理也はあまり気にしていなかった。

（俺に構う人の方が、変わってる）

そういう相手を物珍しくすら思った。

周りの同級生たちは一向に理也を顧みない。故意に無視されているわけではなく、皆、理也がいることに気づいていないのだ。記録を取る手伝いなどの必要があれば声をかけられる。理也も、一人ではできない練習の時に相手を頼めば、誰からでも特に嫌な顔もせず引き受けてもらえる。

学校に悪い人は誰もいない。いい人もいない。目の前の景色はぼうっと過ぎていき、曖昧で、理也は今日が何日なのか、何曜日なのかすら、たまに忘れそうになる。

「次の試合、おまえ、エントリーしないからな」

練習を終えて部室に戻ろうとした時、理也を呼び止めて顧問の教師が渋い顔でそう告げた。理也は、はあ、とあやふやに頷《うなず》き、それを見た教師がますます顔を顰《しか》める。

「記録で見たら、一年生の中じゃおまえが一番なんだぞ。外されて、悔しくないのか」

悔しくはなかった。だが、そう思えないことで、目の前の教師を落胆させているのはわかったので、理也は少し困る。困るが、どうしようもない。

「おまえには闘争心とか、競争心みたいなもんがなさすぎる。辛いレースで最後に勝敗を分けるのは、そういう気持ちだぞ。だから、俺はおまえを試合に使わない」

「はい」

お行儀よく返事した理也に、顧問はさらに何かを言いかけ、諦めたように首を振った。

もう行っていい、と投げやりに言われて、理也は相手に頭を下げると、帰り支度のために部室に向かう。

大会に出られないと知れば養父母も落胆するかな、と思ったが、理也自身が特に悔しくもないしがっかりもしていないのだから、やっぱりどうしようもない。

積極性に欠けるとか、覇気がないとかは、中学生の頃から何度も言われてきた。だが理也の『境遇』を知った教師は、それについてあまり強く改善を促そうとしない。

(人を困らせたいわけじゃないんだけど……)

練習後の買い喰いの相談をしながら下校していく生徒たちを見て、それを羨む気も起きない。理也は部室で一人淡々と制服に着替え、帰り支度をすませて、一人で帰宅した。

八時を過ぎて辿り着いた家で、二十代後半くらいに見える女性が理也を出迎えてくれた。

「おかえりなさい、理也さん」

「はい。ただいま帰りました」

養母の正確な年齢を理也は知らない。すでに会社から帰宅して居間にいる養父も彼女と同じような年齢だと思う。二人とも子供のできない体だそうで、ずいぶんと若いうちから理也を引き取ってくれたらしい。優しく穏やかな夫婦で、理也は自分がこれ以上ないほど手厚くもてなされていると感じている。

手厚すぎて、どこかよそよそしさというか、そらぞらしさのようなものも感じる——などと言えば、きっと誰もが贅沢《ぜいたく》だと言うだろう。理也自身もそう思う。

「すぐにお夕飯が食べられますからね」

「はい、ありがとうございます」

養母は優しく、丁寧な口調で話す。それは夫に対しても同じで、理也も自然と、彼らに対してきまじめな言葉遣いで話すようになっている。

ここを自分の家だと、養父母を自分の家族だと思えないのは、彼らがどこか一線を引いたような態度でいるせいではなく、自分の感性がおかしいからだろうと、理也はわかっている。いつもぼうっとしていてうわの空な養子に、彼らは愛想を尽かすこともなく、本当によくしてくれている。

でもどこか、どうしても他人事に思えてしまうのは、学校にいる時と同じだ。

家にいても、学校にいても、電車に乗っていても、バスに乗っていても、街中にいても、自分の部屋のベッドで丸くなって眠っていても。

「——そうだ、理也さん、竹葉《たけば》のおうちから連絡があったの」

夕食の前に着替えるために、二階の自室へ向かう途中、養母が思い出したように階段を上る理也に告げた。

理也は、滅多になく機敏な動きで、パッと彼女を振り返った。

「今年も八月になったら、あちらへ伺ってね。夏休みだけど、部活はお休みすることになるから、先生にお話しなくちゃいけないわね」

「……はい！」

自分の声が弾んだことが理也にもわかる。顔を綻《ほころ》ばせた理也に、養母が少し驚いた顔になったが、それについては何も言わなかった。

理也は跳ねる鼓動を押さえて階段を駆け上がり自室に入ると、鞄《かばん》を投げ出してベッドに倒れ込んだ。

体一杯に喜びが沸き上がっている。

（あの家に、今年も行ける）

どうしたらいいのかわからなくて、無闇に枕を抱き締めた。

（あの人に――今年も会える）

嬉しくて、嬉しくて、理也は不審に思った母親が声をかけてくるまで、一人枕を抱き締めてベッドの上でごろごろと寝返りを打ち続けた。

3

朝に夜にカレンダーを眺めては心待ちにし続けていた八月がやっと訪れた。

理也は小さな手荷物と共に養父母の家を送り出され、一人で電車を乗り継ぎ、バスに揺られ、その終点からは徒歩で山道を歩いてその家に辿り着いた。

家というより、屋敷と言った方がいいかもしれない。

夏の直射日光を脳天から浴び、生温い風に吹かれながら舗装もされていない緩やかな山道を登り、汗だくになった理也の目に真っ先に入ったのは高い竹垣だった。山道の両脇に自生する櫟《くぬぎ》や小楢《こなら》が途切れ、そこに唐突に現れる竹垣の奥に竹葉家がある。

竹垣は長く続き、広い敷地をぐるりと覆っていて、表門に辿《たど》り着くまでにはさらに歩かなくてはならなかった。

周囲には他に建物はなく、道は竹葉家に用のある者しか使わない。車の轍《わだち》を追ってしばらく歩くと、ようやく門が見えてきた。苔《こけ》むした屋根のかかった木門は、一枚板でできた両開きの扉の横に、通用口が小さく作られている。呼び鈴もない門の、通用口の方の戸におそるおそる手をかけ、理也はそこから敷地の中に入った。

一歩足を踏み入れると、さあっと、空気が変わったような気がする。いつもこの瞬間が爽快だった。真夏の日光と草いきれで気が遠くなるほどだった体を、冷ややかな風が包む。急に呼吸がしやすくなる。

理也はほっと息をつくと、腕で額《ひたい》の汗を拭《ぬぐ》い、小さな手荷物入りの鞄を肩にかけ直して、辺りに撒《ま》かれた砂利を踏み締めるように門の奥へと進んだ。竹垣の中に無数の木が植えられ、鬱蒼《うっそう》と葉を生い茂らせている。外から見ても広い敷地だったが、不思議と、中に入った時の方がより広く感じられる。

一年ぶりに訪れる家の玄関口に向かうまでの間、理也は山道を歩いていた時とは違う理由で鼓動を速くした。

この家、竹葉家に今年も行けるのだと養母から聞いた時と、同じ胸の高鳴り。

だが――、

（いない……？）

辺りは葉擦れの音や鳥の鳴き声、虫の鳴き声で騒がしいほどだったのに、理也には妙に寂しく感じられた。

がっかりした気分で石畳を歩いて母屋に近づく。古い古い、木造の平屋が、この敷地の中心にある最も大きな建物だ。

理也がその玄関の前に辿り着く前に、建物の脇から、白衣に白袴《しろばかま》を身につけた四十がらみの厳《いか》つい男が、足音もなく現れた。ごま塩頭を短く刈り込んだ男は挨拶もなくひどく冷淡な視線を理也に向け、理也は理也で、その視線に射すくめられたようになって声を出すこともできず、ただ身を縮め、俯《うつむ》いてしまう。

「とにかく、その汚らしい体を清めろ。着替えは支度してある」

男は挨拶もなく無愛想に言い放ち、すぐに理也に背を向けた。

「あの」

理也は精一杯の勇気を振り絞って、男の背に呼びかける。

「と、東吾《とうご》さまは……」

振り返った男の目は先刻よりもさらに冷ややかになり、何か不快なものを見るように顰められている。

「おまえの知ったことではない。気安くお館様の名を口にするな、『――』が」

最後は吐き捨てるように言った男の言葉を、理也は聞き取ることができなかった。聞き返すこともできないうち、男が再び理也に背を向ける。その姿が建物の影に消えてしまうと、理也は微かに息を吐き出した。

（やっぱり、いないのか……）

男に冷たくあしらわれたことよりも、それを確信してしまったことにしょんぼりして、理也は母屋の玄関から離れ、建物のさらに奥に進んだ。裏手に回ると竹垣の中に木戸が現れ、それを押して一旦外に出て、別の竹垣に囲われたもっと小さな建物に向かった。粗末な小屋があって、中を開けると木の風呂桶《おけ》が置かれている。桶に張られているのは湯ではなく真水だった。風呂桶のそばにやはり木でできた椅子があって、その上に真っ白い布が綺麗《きれい》に畳まれて置かれていた。

理也は少しだけ躊躇《ちゅうちょ》してから、靴と靴下を脱ぎ小屋に入り、肩にかけていた鞄を椅子にかけ、着ていたシャツとジーンズと、下着を取り払った。桶に手を入れると、氷のように冷たい。いくら今が真夏だとはいえ、山道をずっと歩いてきたとはいえ、汗も引いてきた体には冷たすぎる温度に思えた。

しかし迷っていても仕方がないので、床に置かれていた手桶を取ると水を汲《く》み、腕や脚へとかけていく。やはり水は身を切るように冷たい。この時期なら水を汲んでおけば温《ぬる》みそうなものなのに、たった今地下の奥深くから汲み上げてきたというようだ。

理也は全身を鳥肌立てながら、ぎゅっと目を瞑《つむ》り、決意して今度は頭からその冷たい水を被《かぶ》った。服を濡らさないように気をつけて、どんどん水を被る。ただの水のはずなのに、塩でも塗り込まれたように肌がぴりぴりと痛んだ。声を上げたくなるのを堪《こら》えて、風呂桶たっぷりに汲まれた水のほとんどを使うと、もう手脚の感覚がなくなるほどだった。

（これをやらないと、あの人に会えない）

理也が覚えている限り、この家に来た最初からの決まりごとのようなものだった。

何のためにそうするのかわからないまま、ただ「遠縁の家が、夏休みの間、理也さんを預かりたいというから」とだけ言われた。理也にはその理由を訊《たず》ねる気も、断る気も起きなかった。そうするにはあまりに自分の意志というものがなかったのだ。

自分が三枝家の養子である理也という子供だ、とやっと理解したのがその頃、中学一年生の時だ。それまでの記憶はない。友人はおろか本当の家族との思い出もない。養母に朝起こされ、食事を与えられ、家と学校を往復して、あとは与えられた自室で学校の宿題をするか、本を読むか、ぼうっとするか。何も考えないことが理也には苦痛ではなかった。ぼんやりしたまま何時間でも過ごせる。そもそも、辛い、という感情がわからない。

三枝家に引き取られるまでの自分がどう過ごしていたのかすら養父母に訊ねたことがない。遠慮していたわけではなく、単純に、それについて疑問に感じたことがなかったのだ。

そんな理也だから、『遠縁の家』とは一体何なのか、そこで何をするのかについて、養父母にたしかめることすら思いつけなかった。

三年前もただ言われるまま今日と同じように竹葉家に向かい、だが山の中に信じがたく大きなお屋敷をみつけた時は、さすがに驚いた。

竹葉家の広さや古さに驚いたわけではない。

それが何かひどく懐かしいような感じがしたことに驚いて、戸惑ったのだ。

呆然《ぼうぜん》と木門の前で突っ立っていた理也に声をかけたのが、先刻の、ごま塩頭の男だった。この人が『遠縁』の人なのかな、と理也はぼうっとしたまま考えて、とりあえず挨拶しようと口を開いたが、男はそんなものは不要とばかりの態度で理也を追いたて、この小屋まで連れて来た。水垢離《みずごり》をしろ、と命令されて、わけもわからないままそれに従った。その時も、真夏だったのにやっぱり水は信じがたいくらい冷たくて、理也は悲鳴を上げそうになった。

とにかく水で体を洗い、与えられた服に着替える。最初の時と同じように、理也は今も、椅子に置かれた木綿の手ぬぐいで濡《ぬ》れた体や髪を拭い、真新しい下着を穿《は》き、真っ白い上衣と白袴を身につける。剣道や弓道をやる人たちの道着に見えた。

普段は着ることなどないはずの道着を、理也はきちんと身につけることができた。上衣に袖を通して、襟の二箇所を紐《ひも》で留める。袴を穿き、後紐と前紐で胴を締める。戸惑うことなくそれができる自分を、理也はさすがに不思議に思っている。

（初めて……じゃ、なかったのかな）

三年前はおぼろげに感じたことが、今はもうすこしはっきりと意識にのぼった。

もしかして、自分が最初だと思っていたよりもっと前にも、この家を訪れたことがあるのかもしれない。三枝家に引き取られる前、ここで暮らしていた時期があったのかもしれない。遠縁というのだから、おかしくはない話だ。

ただ理也にはそれを確信できない。記憶は本当におぼろげだ。まあ考えても仕方ないかなと気持ちに切りをつけて、理也は脱いだ服を鞄にしまい、その鞄を肩にかけて小屋を出る。運動靴の代わりに草履《ぞうり》を履いた。

母屋のある方に戻るとまたさっきの男が現れて、理也にいくつかの雑用を命じた。理也は言われるまま、敷地内の草むしりをしたり、掃き掃除をしたり、山になった汚れた道着の下洗いをしたり、休みなく働き続ける。

なぜこんなことをしなくてはいけないのか、理也にはやっぱりわからない。これも、竹葉家に来るたびに毎日命じられていることだ。陸上部の練習でいくらか慣れてはいたが、炎天下で帽子もなく働き続けるのは辛い。

それで、裏庭にある井戸から水を汲み上げ、洗い桶に運ぶ途中、頭がクラクラして、水桶を持ったままひっくり返ってしまった。

目の前が真っ白になり、どさりと自分が地面に倒れる音をやけに間遠に聞いた。水の冷たさが体に広がって気持ちいい。このまま寝てしまいたい――という誘惑にかられた理也を正気に戻したのは、今度は頭から冷たい水を勢いよくかけられたからだ。

「……ッ」

冷たさとその勢いと、唐突さに驚いて、理也は目を開けた。

晴れ渡った空を背に、ごま塩頭の男が、怖い顔で理也を見下ろす姿が視界に入った。男は手に水桶を持っている。

「怠《なま》けるな」

男は言い捨てると、すぐにその場を去っていった。あれこれ雑用をしている間、男の姿は見えなかったが、どこからか理也の仕事ぶりを監視しているのだ。

頭をクラクラさせたまま、理也はどうにか体を起こした。

すこしぼんやりと座り込む理也の耳に、遠くで、ヤア、とか、トウ、とか、勇ましい声が聞こえてくる。ここには道場があって、剣道や、弓道の練習をしている人たちがいる。

雑用がない時は理也も剣道場に放り込まれて、大人を相手に剣を振るわされるが、竹刀の握り方ひとつ教えてもらえるわけでもないので、一方的に打ち据えられることがほとんどだ。

痛いことよりも、竹刀とはいえ人に向けて剣を振るわなければいけないということが理也にとっては嫌だったので、雑用を押しつけられる方がよっぽど気楽だった。

それでも充分ひどい仕打ちをされている気はするし、体は辛いのだが、気持ち自体はあまり苦痛を感じない。なぜこんな目に、ということすら思えない自分は、どこかおかしいんじゃないかと疑いはする。事故に遭ったのは亡くなった両親だけではなく自分もで、その時頭を打ったか何かして、記憶がなくなり、感情の起伏に乏しくなったとか？　だからこの状況に不満も感じないのだろうか。もうちょっと体力があったらな、ということは残念に思った。それでも一昨年より去年の方が、去年より今年の方が、体は楽だし作業の要領もわかってきたので、ましだ。

せっかく白かった道着を泥まみれにして、理也は洗濯を再開し、それが終わるとまた草むしりに戻った。頭がクラクラするのは、暑さのせいだけではなく、何も食べていないからだ。水だけは飲むことを許されているが、食事は、いいと言われるまで取らないよう言われている。朝も何も食べずに来たから、すっかり腹ぺこだった。元々は食が細い方だったのだが、最近はぐんと背が伸びてきたせいなのか、部活をはじめたせいなのか、前よりも空腹を感じる時が増えている。

でも目を回して倒れれば、また水をかけられて起こされるだけだ。理也はフラフラする頭と体で、一生懸命、草むしりに励んだ。

——その感じがやってきたのは、日も暮れかけた頃だった。

空腹というより飢餓感と言った方がしっくりくるような苦しさに喘《あえ》ぎ、広い敷地内に果てしなく蔓延《はびこ》っている雑草を朦朧《もうろう》としながら抜いていた理也は、虚《うつ》ろな目を、ハッと見開いた。

全身に微弱な電気が走ったようになって、産毛が逆立つ感触を味わう。

考えるより早く、体が勝手に立ち上がり、勢いよく振り返った。握り締めていた雑草を投げ捨ててその場を駆け出す。

全身を歓喜が支配していた。何か音が聞こえたわけでも、誰かの声がしたわけでもないのに、でもどうしてかわかる。

（あの人が、来たんだ）

自分でも不思議なくらい力が湧いてくる。さっきまで、腹が減りすぎて何度も気が遠くなりかけていたのに、そんなことは嘘みたいに意識がはっきりしていた。

走って、走って、表門の方へと向かう。

ごま塩頭の男と同じような格好をした男たちが八人ほど、門の内側で列を成し、深く頭を下げている。

その男たちの間に、一際背の高い、若い男が姿を見せた。

男は暗い色の背広を着ている。身丈があるせいで細く見えるが、周りの厳つい男たちと同じくらいに肩幅がしっかりしている。

遠目に見ても驚くほど整った顔立ちをした人で、走っていって近づけば、涼しげな切れ長の目と、意志の強そうなまっすぐな眉《まゆ》と、薄くて大きな唇がよく見えるようになって、ただ端麗というだけではなく、怖いくらいの落ち着きや、威圧のようなものがそこから滲《にじ》み出ているのがわかった。

理也は鉄が磁石に引き寄せられるように、その人に自分の心が向いて、引っ張られるような感じを味わう。

「東吾さま……」

それでも大きな声で彼の名前を呼ぶことはできず、彼と彼を取り巻く男たちから数メートル離れたところで、息を弾ませながら呟《つぶや》くので精一杯だった。

途端、険のある目つきが、一斉に八人分、理也の方に向けられた。誰も彼も眉を顰《ひそ》めている。理也が彼に声をかけることがひどい罪であるかのような反応だった。

彼は、この竹葉家の当主であるという竹葉東吾は、ちらりと理也を一瞥《いちべつ》しただけだった。

冷たくも、かといって温かみがあるわけでもない、道端に落ちた石ころひとつを見遣るような、無感動な顔だった。

その顔に、理也は猛烈な寂しさを覚える。

他の男たちから不快そうに睨まれても、学校でみんなから無意識に無視されても、家で養父母のよそよそしさを感じても、一度だって寂しさや悲しさなど味わったことがないのに。

彼の無関心が、理也を泣き出しそうに切ない気持ちにさせた。

「気安く近づくな、『――』風情が」

誰かが吐き捨てるように言った。東吾はすでに母屋に向けて歩き出している。男たちもそれを追って去っていく。

理也はその場にぽつんと佇《たたず》んで、遠くなっていく東吾の背中を見送りながら、痛む胸の辺りを片手で押さえた。

◇◇◇

日が暮れて辺りが真っ暗になってからもしばらく草むしりを続けて、夜の九時を回った頃に、理也はようやく雑用から解放された。

あまりに腹が減りすぎて、その時にはもう自分が空腹なのかすらわからなくなっていたほどだった。

だから食事の前に身を清めろと言われても、落胆はしなかった。昼間と同じように水の張ってある小屋に向かい、よろよろと水浴びをする。水はまたひどく冷たく、疲労と度の過ぎた空腹でわけがわからなくなっていた頭が、少しだけ覚醒する。

（……あの人に無視されると、どうしてこんなに悲しいのかな……）

頭がはっきりしたせいで蘇《よみがえ》ったのは、東吾に声をすらかけてもらえなかった時の落胆と悲しみだった。

彼がどんな人なのか、理也は詳しくは知らない。竹葉家の当主と言われているので、この家で一番偉い人なのだろう。周りの大人たちは、自分たちよりも年若い東吾を『お館様』と呼ぶ。理也もそう言うように命じられて、なのについ『東吾さま』と名前を呼ぶと、ひどい叱責を受ける。殴られることもある。

（でも、つい東吾さまって言ってしまう）

気をつけなくちゃ、と理也は自分に言い聞かせた。馴《な》れ馴《な》れしくするせいで、厭《いと》われてしまったのかもしれない。

（それとも他の人と同じように、俺のことが本当は最初から嫌いなのかな）

そう、最初から、この家にいる大人たちは理也を嫌っていた。同級生たちのような無関心ではなく、もっとはっきりと、嫌悪や侮蔑を顕《あら》わにしていた。嫌っているから雑用を押しつけるのかもしれない。

（東吾さまに嫌われていたら、やっぱり、すごく悲しい……）

自分が彼にどうしてここまで心を傾《かたむ》けてしまうのか。他の人や自分を取り巻くすべてに関心がないことと同じくらい、理也には不思議だ。でもどうしても、東吾だけが違う。姿が見えなくても近くにくればわかるし、東吾のことを考えるだけで、そばに行けると想像するだけで、胸が一杯になる。

目を回しもせずに草むしりを続けられたのは、東吾がここにいるという喜びが心に宿っていたからだ。無視されたのは悲しいが、東吾の存在を近くに感じるのはただただ嬉しかった。

（東吾さまは、お父さんやお母さんの遠縁じゃなくて、もしかすると、俺の遠縁なのかな）

今まで考えもつかなかったことを、理也は不意に思いついた。養父母から『遠縁の竹葉家』と言われる時、それは三枝家の縁戚だと何となく思っていたが、もしかしたら自分と血の繋《つな》がった人なのかもしれない。

だからこんなにも懐かしく、こんなにも恋しく感じられるのではないだろうか。

（ちゃんと、聞いてくればよかった）

そこに頭が回らなかったことを、理也は今になって悔やんだ。いろいろなことに興味がないにもほどがある。

竹葉家はおそらくとても古い、名望のある家柄なのだろう。だからこんなに広くて立派なお屋敷があって、大人が何人も住んでいる。大人たちは家族という雰囲気ではない。道場があるのだから、何かそういう武術をやっている家で、住み込みの弟子ということか。東吾を敬うのは、彼がその武術の流派か何かで、一番偉い地位にあるのかもしれない。

（本当に、どうしてこんなこと、今まで考えもせずにいられたんだろう……）

普段東吾はこの屋敷で寝起きはしていないらしい。もっと都会で仕事をしていて、夏の短い間だけ滞在して、そのうちまた都会に帰っていく。東吾が来る時に合わせて自分がこの家に呼ばれる――ということは、理也も何となく知っている。

（東吾さまに、いろいろ聞ける機会があればいいんだけど）

水の冷たさに身震いしながら体を清め終えると、理也は今度、白い着物を身につけた。湿った髪のまま、寝起きするために宛がわれてた離れに向かおうとするところで、またご ま塩頭の男に声をかけられる。

「お館様がお呼びだ。来い」

――自分に尻尾があれば、ぶんぶんと振ってしまっただろうという気分で、理也は頷いた。男の後をついて、小走りに母屋に向かう。裸足で建物に上がると、長い廊下を進んで、襖《ふすま》で仕切られた部屋まで辿り着く。連れて参りました、と男が部屋の中に向けて告げ、入れ、と短く答えた東吾の声を聞いて、理也の胸にはまた零《こぼ》れそうな嬉しさが沸き上がる。

　東吾に会えるという喜びを噛み締めながら、開かれた襖の中に足を踏み入れた理也は、途端むっとした甘い匂いに口や鼻を占められ、怯《ひる》んだ。

　部屋の中は暗く、赤い光が何ヵ所でうっすらと灯《とも》っている。煙たく感じるのは、香か何かが炊かれているからのようだ。甘く、少し腐ったような匂いが部屋中に充満している。

　それ以上進むことを躊躇していたら、いつの間にか後ろに回っていた男に背中を乱暴に押され、理也はよろめくように部屋の中に入った。

　一段高いところがあって、そこに羽織姿の東吾が趺坐《ふざ》していた。低い床の方に、老齢の男が二人、それよりは少し若い中年の男が二人、端座している。こちらもやはり皆着物だった。

(ああ、また、これか……)

　ごま塩頭の男は理也を連れてくることだけが用事だったらしく、すぐに東吾に向けて頭を下げ、部屋を出ていった。

「脱ぎなさい」

　老人の片方が、嗄《しわが》れた声で理也に向けて言った。

理也が戸惑いながら東吾を見ると、感情の見えない視線を返される。理也は俯いて、帯に手をかけると、さっき着たばかりの着物を脱いだ。ひどく所在ない気分で着物を抱えていたら、中年の男の一人が立ち上がって理也に近づき、毟《むし》り取るように着物を奪い去った。下着は始めから用意されていなかったので、これでもう理也は何も身にまとっていない状態になり、消え入りたい心地になる。

「駄目だな。まだ、まるで兆候がない」

中年の男がうんざりしたように言った。理也には意味がわからなかったが、何か落第点をつけられたような、惨めな気持ちが沸き起こった。

「仕方ない。まだこんな、貧相な体で」

老人の呟きが耳に痛い。部活を始めて少しは鍛えられたとはいえ、四ヶ月程度で筋骨隆々になるわけもなく、理也の体は骨が浮き上がるような、たしかに貧相としかいえないものだ。

それを東吾に見られていると思えば、恥ずかしいのと、情けないのとで、泣きたくなる。

(何なんだろう、これ)

理也の覚えている限り、この家に来た最初の年から、この部屋に呼ばれて同じように服を剝《む》かれた。

ただ、その時も「またか」とぼんやり思ったから、覚えていないだけで、中学に上がる前にも同じことがあったのかもしれない。

嫌なのは、みっともない体を人前に、東吾の前に晒《さら》されることだけではなく――。

「……ッ」

一際甘い匂いが強くなって、理也は思わず口許を掌《てのひら》で押さえた。吐きそうだ。堪えきれずに膝をついたところで、低い低い呟きのようなものが耳に入り込んでくる。

板張りの床を震えながら這《は》うように、男たちの声が理也に向かってくる。何を言っているのかはわからない。だがそれを耳にするたび、全身をぷつぷつと針でつつかれるような不快な刺激が与えられる。寒くもないのに氷点下に放り出されたかのようにがたがたと体が震えた。全身から脂汗が滲む。怖いくらい鼓動が速くなる。耳を塞《ふさ》いでも男たちの声が聞こえる。聴覚で聞いているわけではないのかもしれない、という、妙なことを考えついた。

やめてください、と言いたかったのに言葉が出ず、理也はただ呻《うめ》き声を漏らした。猛烈な嘔吐《おうと》感が胃の奥から込み上げる。東吾さまの前で駄目だと思っても止められず、何度も床の上に吐瀉《としゃ》した。何も食べず、水だけしか飲まなかったことを、苦痛にまみれた意識の中で理也は心から感謝した。

「――もう、いい」

理也にとってはひどく長く感じる拷問のような時間が続いたあと、東吾が一言言った。

煙の香りも、妙な呪文のようなものを聞かされるのも辛かったが、東吾のその一言は、理也の身を貫いて引き裂くほどの苦痛を与えた。

(見放された……)

強く、そう思う。

いつの間にか理也は立っていることもできず、床の上で丸まっていたが、東吾の言葉を合図のように呪文が止み、煙も収まってきたので、体だけは楽になる。

東吾が何を見て、何を駄目だと思ったのか、聞きたい。

その一心で、涙や吐瀉物で汚れた顔を上げたら、高いところからじっと見下ろす東吾の視線とかち合った。

東吾は、理也を見て、綺麗な眉を微かに顰めている。

それでもう理也は声を上げて泣き出すのを堪えるので精一杯になってしまい、ぎゅっと目を瞑る。

「やはりまだとても顕現までは至らぬか」

老年の男が呆《あき》れたように呟く声が聞こえた。

そのまま身動ぎもできずにいたら、東吾の気配が近づいてきた。周りの男たちが、咎《とが》めるような諫《いさ》めるような声を出し、理也が不思議に思って目を開けた時、ふわりと、裸の体にさっき脱いだ着物を掛けられるところだった。

理也は驚いて、東吾を見上げたまま床から身を起こした。東吾は理也に着物をかけるためか身を屈《かが》めている。

「お館様、そんなものに触れては」

腹立たしげに言う男たちの声には応えず、東吾がふと、理也の耳許に少しだけ顔を近づけた。

「――日が変わる頃に、私のところに来なさい」

そう言った東吾の唇は、ほんのわずかに開かれただけでまったく動いていなかった。でも声は、たしかに彼のものだった。

理也はそうした方がいいと気持ちが命じるまま、東吾の声には応えず、恥じ入ったふりで顔を伏せた。東吾がスッと背筋を伸ばし、そのまま部屋を出ていく。

理也は気持ち悪かったのも情けなかったのも忘れ、東吾が掛けてくれた着物の布地を、ぎゅっと握り締めた。

自分の吐瀉物で汚れた床の掃除と、もう一度身を清めるようにと命じられるままそれをしてから、理也はようやく夕食にありついた。

といっても食欲はとうに萎え、食べ物の匂いを嗅ぐだけでまた吐きそうな具合だった。

寝起きするための離れの一室に無造作に置かれていた冷えた膳を、申し訳なく思いながら、理也はほぼ手つかずで厨房に返した。

離れは家というより小屋で、理也のいる一室と、同じ作りのもう一室があるのみだ。隣は空室で、理也のいる部屋には、平べったくて少しかび臭い布団が敷いてある。あとは家から着てきた服と鞄が置かれているだけで、他に何もない。本当に寝起きをするためだけの建物。

理也はその待遇に不満を持つこともなく、ただただ、落ち着かない気分で何度も腕時計を見る。食事を下げた時には十一時を回っていたから、日付が変わるまで一時間もなかったのに、もう何年も待ち続けているような気分になった。

そわそわと時間が過ぎるのを待ち、やっと短針と長針と秒針が一番上で重なった時、理也は時計を放り出して小屋を出た。

離れにもその周辺にも灯《あか》りらしき灯りはなかったが、空にははっきりと月が出ていて、理也にはそれで充分だった。目を閉じていたとしても、東吾のいる場所がわかる。母屋ではなく、理也のいる方とは反対側の、道場がある方に建てられた離れ家。

足音を殺して、理也はそこを目指した。人に見られてはいけないのだということを、どうしてか知っている。身を潜め、白い寝間着が人目をひかないよう、建物や木々の影を選んで進む。

敷地の中では、長い棒を手にした男たちが哨戒《しょうかい》していた。まるで外敵に備えているようで、そういえばこの家はいつもこんなふうだけど、一体何から襲われることを警戒しているのだろう。そう疑問に思ったのも初めてだったが、理也はすぐにそれを忘れて、とにかく東吾のことばかりを想った。

見回りの男にみつからない道を探し、走って、屈んで膝で進んで、ようやく離れ家まで辿り着く。

綺麗に手入れされた前庭があり、理也はそこを小走りで通り抜けると、離れ家の椽側《えんがわ》に手をついた。

障子の向こうは明るい。

「……東吾さま」

理也がそっと呼びかけるのより少し早く、その障子が開いた。

袴姿の東吾が立っている。

東吾は理也を見下ろすと、優しく目許を和ませた。

理也がその表情に見とれている間に、東吾は理也に背を向け、部屋の中に戻っていった。

理也は慌てて草履を脱ぎ、縁台に上がる。

――が、自分があちこち土まみれ、枯れ葉や木の枝で汚れていることに気づいて、一気に青ざめた。

「どうした？」

床の間のある、八畳ほどの畳敷きの部屋。その真ん中に、東吾が寛《くつろ》いだふうに座っている。

「よ……汚れてて……」

「構わない」

東吾は笑ったまま言うと、理也に向けて両腕を広げてみせた。

理也はそれでたまらなくなって、自分が土まみれであるということも頭から吹き飛び、東吾の方に駆け寄った。東吾の前に膝をつき、相手の顔を喰い入るように見上げる。

「さっきは、すまなかった」

東吾の手が伸びて頬《ほお》に掌が当たり、その感触の心地よさに、理也はあっという間に陶酔した。自分から頬をすり寄せる仕種をしてしまう。

「どうしても必要なことだったんだ。嫌なのも、辛いのもわかっているのに」

理也は東吾の手を上から掌で押さえて、小さく首を振った。

「平気です。全然」

東吾が少し困った顔になって笑う。吐きながら床でのたうち回っていた理也が、辛くないはずがないことはわかっているという、そんな表情だった。

「理也《りや》、食事を取らなかったようだが」

指で理也の頬を撫でるようにしながら東吾が訊ねてくる。

「あんまり、食べたくなくて……」

答えつつ、理也は不思議な気分で首を傾《かし》げた。

今、東吾は『まさや』ではなく、『りや』と呼んだ。

名前を覚えてもらえなかったと落胆する隙もなかった。東吾が呼ぶその言葉の響きが、あまりに理也の体にしっくりと染み渡って、それが不思議だったのだ。

「おまえの本当の名は、理也という」

理也の心を見透かしたように、東吾が言う。

「字も違う。也ではなく、夜」

東吾の長い指が、畳に夜の字を書いた。

「夜の理と描いて、理夜だ」

「理夜……」

東吾に名を呼ばれるたび、心に歓喜が湧くのと同じくらい、体に力が湧いてくる。

自分の名が、その名を持つ存在が、何か特別なもののような気がして、誇らしく思えてくる。

「——ただ、おまえにはまだこの名は強すぎる。まだしばらく、私以外の者の前では理也《まさや》を名乗りなさい。顕現するまでは」

「顕現……?」

首を捻《ひね》るばかりの理也に、東吾がまた笑って、立ち上がった。一度部屋を出ていき、理也がその不在を不安に思うまでもなく、すぐに戻ってくる。再び姿を現した東吾は、握り飯の載った皿を手にしていた。

「食べないままでは明日持たない。一日空腹で辛かったろう、お上がり」

東吾と話しているうちに、体に力が戻ってきた理也は、同時に空腹もぶり返してきて、お上がりと言われる前に腹の虫を鳴らしてしまった。

あまりに派手な音だったので恥じ入って耳まで真っ赤になる理也に、東吾が遠慮なく声を立てて笑う。

握り飯にはよく焼いた鮭《さけ》と梅干しが入っていて、本当においしかった。東吾の前なのにと思いつつ、空腹に勝てず、立て続けに大きな握り飯をふたつ、平らげてしまう。

その間に東吾はお茶の支度をしていて、香りのいい煎茶を、理也のためにも淹《い》れてくれた。部屋の外に厨房のような場所があるらしく、東吾が手ずから食事やお茶の支度をしてくれることが、理也にはひどく申し訳なかったし、それ以上に嬉しかった。

お茶を飲んで、満足げに溜息《ためいき》をつく理也を、東吾は微笑ましそうに見守っている。

（そうだ、これが、本当の東吾さまだ）

理也は強く、そう思う。この部屋の外では冷たい無感動な目で理也を見るけれど、本当は温かくて優しい眼差しで見返してくれる人なのだ。

だから理也はこの屋敷で過ごすことが苦ではなかった。夏の間にほんの一度か二度、こうして東吾に呼ばれて、こっそりと会う。その時の東吾は好きなだけ理也を甘やかしてくれて、理也はどうしても本気で遠慮をすることができない。触れてもらえることが嬉しくて、自分から擦り寄ってしまう。

こんなところを見られたら、きっと屋敷にいる東吾以外の男たちは、激怒して自分を打ち据えるだろうとわかっていても。

「ごちそうさまでした」

握り飯と、一緒に皿に載っていた香の物と、お茶まで全部綺麗に平らげて、理也は東吾に向けて深く頭を下げた。食事をしたおかげか、他の理由も加わってか、理也の体は指先までぽかぽかと温まっている。

「三枝の家ではしっかり食べているか？」

東吾に訊ねられ、理也は頭を上げる。小さく頷いた。

「前よりは、ですけど……運動を始めたんです。高校の陸上部で、放課後、毎日じゃないけどたくさん走ります」

「うん。どれ」

東吾が理也の方に腕を伸ばし、腋《わき》の下に両手を入れられた。

「えっ、うわ」

理也が面喰らっている間に、軽々と体を持ち上げられ、気づいた時には東吾の脚の間に座らされている。まるで東吾を座椅子のようにして、背中から凭《もた》れる格好で。

「あ、あのっ、これ」

「——背はずいぶん伸びたようだが、まだまだ軽いな」

高校生にもなったのに、小さな子供のように抱き込まれて焦っていた理也は、『まだまだ軽い』という東吾の言葉に、赤くなっていた顔を次には蒼白にした。

「……ごめんなさい……俺、多分、もっと大きくならないといけないんですよね」

あの部屋で、男たちが言っていた『貧相な』『駄目だな』という言葉を思い出し、理也の身が竦む。

――もう、いい。

そう言った東吾の声も思い出して、さらに身が縮む思いになった。

「そうだな、もっと肥《ふと》った方が、健康にもいい」

だが東吾の方は、あの時そんなふうに言い放ったのと同じ人だとは思えないような、笑いを含んだ調子で、少しからかうように言った。

理也は混乱しかけるが、とにかく、目の前にいる東吾が本当の彼なのだという自分の感覚に疑いが持てなかったので、やはり考えないようにする。

「さっきの食べぶりなら、あれだけじゃ足りないだろう。これも食べなさい」

東吾が少し身じろいで、理也の前に懐紙を差し出した。懐紙の中には小さくて綺麗な色の干菓子が収まっていた。花や鳥の形をした可愛《かわい》らしい落雁《らくがん》だった。

「ほら」

そう言って、東吾の長い指が小鳥の形の落雁をつまみ、理也の口許にそれを運んでくる。その仕種に理也はびっくりしたが、東吾は遠慮なく唇に干菓子を当ててくる。つい唇を開いたら、干菓子が口の中に押し込まれた。

干菓子はほどよく甘くて、舌の上でどんどん解けていく。東吾は自分もひとつ、干菓子を口に運んでいた。東吾と同じものを食べていると思ったら、理也はやたらと嬉しくなった。

東吾はもうふたつばかり干菓子を理也に与えると、残った分をまた懐紙で包み、どこかにしまった。

甘い物を食べたせいで、理也はずいぶんとくつろいだ気分になる。

東吾の両腕が腹の方に回り、緩く抱き締められるまま彼に凭れた。最初は何となく恐れ多くて、おずおずという感じだったが、そうすることの心地よさに抗《あらが》えずにすっかり体重を預けてしまう。

理也は四月の身体測定でどうにか百七十センチを超えたところだが、少し背中を丸めているとはいえ、その自分が寄りかかった相手の顎《あご》が頭よりも上にあるのだから、東吾は本当に背が高いんだなと、改めてたしかめる。背だけではなく、肩幅も自分とはまるで違う。

「どうした?」

優しく訊ねられて、理也は自分がうんと顎を持ち上げて東吾の顔を見ようとしていたことに気づいた。

「いえ、あの……お館様は大きいな、って」

自分の仕種が子供っぽかった気がして、誤魔化すように早口に言うと、その唇を軽くつままれて、理也は驚いた。東吾は大仰に眉を顰めている。東吾の指は理也の唇からすぐに離れた。

「私の名前を忘れてしまったか？」

「……東吾さま」

小声で答えたら、よくできた、というふうに東吾が笑う。

「二人でいる時は、名を呼んでいい」

そう言われたことが嬉しくて、理也はこくこくと頷いた。名前を呼べば人に叱られるから、東吾の前でもお館様と言わなければならないと思っていたが、東吾は許してくれるのだ。

「東吾さまは、大きいなと思ったんです」

もう一度、理也は言い直した。東吾が頷く。

「そうだな、たしかに、理也の年の頃には、おまえよりずいぶん大きかった」

「……東吾さまは、今、おいくつなんですか？」

東吾のことについて、理也は知らないことばかりだ。東吾のことばかりではなく、他のどんなことも、自分のことすらも、理也にはわからないことだらけなのだが。

「今年、二十三になる」

「に……っ」

思ってもいなかった数字が出てきて、声を上げそうになってから、理也は慌てて口許を両手で押さえた。具体的に何歳だと見当をつけていたわけではないのだが、二十代前半だとは、少なくとも思っていなかったらしい。

「うん？　どうした、もっと年寄りだと思っていたか？」

理也の隠そうとした驚きは、簡単に東吾に見透かされてしまった。

「老けて見えるかな、私は」

「いえっ、あの、大人っぽくて……落ち着いてるから」

少ししょんぼりとしたように言う東吾に、とても悪いことをしてしまった気がして焦りながら答えると、相手の喉からククッと音がした。笑い声だ。またからかわれたようだ。

「あまり若造のようでいては、周りの者に侮られるからな。少しは意識して、年よりは鷹《おう》揚《よう》に見えるよう振る舞っているから、そう思ってもらえてるのなら嬉しいよ」

「……あの……」

理也には、東吾にさらに聞きたいことがでてきた。

だがそれを次々と訊ねていいものなのかわからず、躊躇する。

「構わない。何でも聞きなさい、理也には知りたいことがあるんだろう？」

俯いた理也の頭を撫でながら東吾が言う。どうして東吾さまには俺の考えていることがわかるんだろう。真っ先にそう訊ねたかったのに、なぜかそれを口にすることはできなかった。

「東吾さまは、この家の……竹葉家の、『お館様』なんですよね。一番、偉い……」

「そう、七年前に病がちだった父が亡くなって、私が竹葉を継いだ」

「竹葉家っていうのは、何をしている家なんですか。剣道を教えているとか……？」

「それはまあ、副業のようなものだな。街に下りれば、わかりやすく言って、建設や、開発や、不動産なんかの事業をしている」

「建設……」

やはり具体的にどういうものを想像していたわけでもないはずなのに、東吾の答えはまた理也にとって意外だった。何というか、『普通』だ。

「竹葉家と関係があるのは、俺なんでしょうか。それとも、三枝の両親なんでしょうか。

遠縁だって聞いているんですけど、俺は東吾さまと、どういう繋がりなのか」

「――関係があるのは、どちらも、だな」

「どちらも?」

重ねて訊ねようとしたら、ぽんぽんと、今度は軽く頭を叩かれた。

「この話はもう少し後回しだ。私はまだ理也と話していたい」

「……?」

東吾の言う意味がわからなかったが、とにかく今は聞くべきではないのだと納得して、理也は頷く。

「代わりにこの家の話をしよう。今現在、『竹葉』を名乗る者は一応私しかいない。その代わり、竹葉の傍流は大勢いる。この家にいる人間は皆、遡《さかのぼ》れば竹葉家に繋がる血筋だ」

東吾の声は低くて、優しくて、聞いているのが心地よい。理也は彼の話している言葉を聞いているつもりでいたが、本当のところはそれが耳や、触れている体から伝わってくる響きにうっとりしてきた。

「傍流を含めて『竹葉』は少し普通とは違う、特別な役割を持つ家で、それを取りまとめるのが私の役目だ。周りの者は私をお館様などと呼んでいるが、私個人ではなく、竹葉唯一の直系男子である血に対して敬意を示しているだけだ。私は役目を果たすためにいる。

そのことを窮屈だとか、嫌だとか思ったことはないが」

東吾の話すことはなかなか難しい。それで余計に声ばかりを聞いていたら、あまりに心地よくて、理也は段々眠たくなってきてしまった。

こくりと船を漕ぐと、小さく笑う東吾の声が聞こえ、はっと目を開けた。

「ご、ごめんなさい」

「もう眠るか？」

問われて、理也は思い切り首を横に振った。せっかく東吾と一緒にいるのに、眠ってしまうなんて勿体ない。意地でも起きていたかった。

「じゃあ次は、理也の話も聞かせてくれ。さっき、運動を始めたと言っていたな」

「はい、陸上部の、長距離を走ってます。走るのは好きだし、たぶん遅い方じゃないと思うんですけど……闘争心がないと言われて、大会の選手からは、外されてしまいました」

顧問の教師からそれを告げられた時には何の感慨も持たなかった理也だが、もし選手になって大会で活躍できたなら、東吾を喜ばせられたんじゃないだろうかと気づいた途端、自分に落胆した。やる気がなくて選ばれなかったなんて、恥ずかしげもなく言うべきことではなかった。

「理也は優しいからな」

落ち込む理也を宥《なだ》めるように、東吾の手がまた理也の頭を撫でる。

髪を撫でられ、そのまま耳や喉の辺りを指で掻《か》かれて、理也は何だか体の奥が痺《しび》れるような感じを味わった。

その感じに抗えず、勝手に瞼《まぶた》が落ちる。首を仰《の》け反《ぞ》らせ、後ろ頭を東吾の体に擦りつけるような動きが、やはり勝手に生まれてしまった。

(気持ちいい)

うっとりしていると、瞼の上や目尻にも何かが触れた。指ではない。当たる吐息で、それが東吾の唇だとわかる。それがまた気が遠くなりそうに心地よかった。

(初めてじゃない)

東吾からこんなふうにされる感触に、覚えがある。

ここ三年に、夏の間だけ、数回とか、それだけじゃない。ずっと以前、もっと幼い頃にもこうやって東吾に抱えられて、指や唇で優しく触れられたことがあるはずだ。

(……何で思い出せないんだろう)

触れられた感じは懐かしいのに、それがいつなのか、その時は東吾と何を話したのかが思い出せず、理也は無性に悲しくなった。

「理也？」

啜《すす》り上げる様子に気づき、東吾が目尻に滲んだ理也の目尻から指で涙を掬《すく》いあげながら訊ねてくる。

「どうして、忘れてしまったんだろう……俺、きっと、東吾さまとこうやって何度も過ごしましたよね」

東吾のそばにいるのが、触れられるのが嬉しいのも、懐かしいのも、心地いいのも、ずっとそうしてきたことが体に染みついているからだ。

「俺、昔のことを全然思い出せないんです。どうして自分が三枝の家にいるのかもわからなくて、家にいても、学校にいても、何もわからなくて……わからないことが辛くもなくて、けど、そのせいで東吾さまといる時間のことまで忘れてしまってるなら、悲しくて」

ぽろぽろと、熱い涙が落ちてくる。人前でも、一人の時でも、理也が泣きたくなるほどの気持ちになることはなかった。なのに今はこんなに悲しい。

その衝動に任せて泣きじゃくっていると、うしろから、抱き竦められた。強い力が東吾の両腕に籠《こ》もっているのに、痛くないし、苦しくもない。

抱き締められていると、悲しかった心が少しずつ癒えて、落ち着いてくる。東吾は根気よく理也を抱き続けて、しばらくすると、理也は子供みたいにわあわあと声を上げて泣くことをやめることができた。

だが涙はまだ止まらず、繰り返しぐずぐずと洟《はな》を啜り上げてしまう。

泣きじゃくったせいか、それとも東吾の腕の中にいるのが気持ちよすぎるせいか、またうとうとと微睡《まどろ》みそうになる。

「――私が理也と初めて会った時、おまえは、こんなに小さかった」

理也の泣き声だけは止まったのを見計らって、東吾が理也を抱いた腕を軽く伸ばし、両方の掌を並べて理也に見せた。

東吾の掌も大きいが、それでも示して見せた幅は三十センチにも満たない。

泣き止めない自分を慰めるための冗談だと思って、理也は小さく笑った。東吾も一緒に笑っている。

「私は高校生だった。ちょうど、今の理也と同じ年の頃だ」

高校生の、制服を着た東吾。

理也には東吾の言う『出会った時』も思い出せなかったし、その頃の東吾をうまく想像することもできなかった。

でもきっと、その頃からすごく格好よかったんだろうな、と思う。

「父を亡くして私も家も大変だった時、理也だけがそばに寄り添ってくれた。おまえには何の義務もないのに、必死に私を慰めようと、心を尽くしてくれた」

東吾の声には深く慈しむような響きが宿っている。

囁くように語る東吾の声を聞いていると、理也は自分が本当に小さな小さな子供になったような気分になった。東吾の体がとても大きく感じて、その温かさを体一杯で感じることができる。

「それだけで、私が理也を大切に想う理由になる」

大切に、想う。

東吾が噛み締めるように言った言葉が嬉しくて、理也は気がどうかしてしまいそうになった。

それと同じくらい、何も思い出せない自分がもどかしかった。

（本当に、どうして、忘れちゃったんだろう……）

「忘れていることはいずれ思い出す。……思い出さなくては」

理也にというより、独り言のように東吾が言う。思い出さなくては、と言った時に見上げた東吾の顔もひどく悲しそうだったのが、理也の目に妙に焼きつく。

だが東吾は理也の視線に気づいて、すぐにまた微笑を浮かべた。

「修行は辛いだろう」

そう言われて、理也は急に腑《ふ》に落ちた。

（そうか、あれは、修行だったのか）

ずっと雑用をさせられるのも。剣の稽古をさせられるのも。何度も身を清めさせられるのも。東吾の前で煙に燻《いぶ》されて、辛い思いをするのも。

もしかしたら東吾に厭《いと》われて嫌な役目を命じられているのかもしれない――とどこかで考えていた自分に理也は呆れた。そんなことがあるはずがないのに。

「でも、堪えて、頑張ってくれ。この家には……私には、おまえが必要だ、理也」

なぜ『修行』をしなくてはならないのか、なぜ自分が竹葉家や東吾に必要なのか、何ひとつわからない。わからないまま理也はこくりと強く頷いた。

東吾がそうしてほしいと思っている。それだけで、理也にはさまざまなことを受け入れる理由になった。

「……」

東吾が理也をまた抱き締める。

強い力のせいだけではなく理也は胸が痛くて、そして幸せだった。

◇◇◇

急激に目が覚めた。

パチッと音がしそうなほど唐突に瞼を開き、途端飛び込んできた明るい電灯の色に驚いて、理也はそのままぱちぱちと瞬《まばた》きを繰り返した。

畳の上に横たわっている。

俯せになった頬の下には座布団が敷かれていて、背中に、薄い綿の毛布がかけられていた。

「……？」

自分がどこにいるのか理也にはすぐに把握できず、混乱しながら、視線だけで辺りを見回す。そして人の脚が目に入った。袴をつけた脚。白い足袋。

（……東吾さま⁉）

文机に向かって何か書き物をしているのが東吾であると気づくと、理也はぎょっとなって体を起こした。

理也が飛び起きた気配に気づいて、東吾が首を巡らせ理也の方を見る。

「起きたか」

「ご、ごめんなさい」

一体、いつ寝入ってしまったのか。理也は混乱しながら、自分が涎《よだれ》でも垂らしはしていないかと口許を拭った。大丈夫だったけれど、安堵《あんど》なんてとてもできない。

あまりに慌てる様子に、東吾が微かに肩を揺らした気がしたので、理也は焦りながらも少しだけほっとした。

「疲れているんだろう。大した時間眠っていたわけじゃないから、そう慌てなくていい。部屋にもどってちゃんと寝なさい」

「……はい」

もう、戻らなくてはならないということだろう。東吾から暗にここを出ていくよう促されて、理也は無性に寂しい気分になった。せっかく東吾とふたりきりで話ができる時間だったのに、眠ってしまうなんて、何て勿体《もったい》ないことをしてしまったんだろう。

（まだまだ聞きたいことがあったのに……）

そっと溜息をついた時、理也は身につけていた白い着物が乱れていることに気づく。話の途中で寝てしまったうえ、散々な寝相だったのだろうか。限界まで赤くなりながら、理也は急いで乱れた着物の襟を整えた。

東吾はもう理也から目を離している。文机に向けて書き物を続け、そのうち筆を置くと、畳んだ紙を理也に差し出してきた。

「これを御蔵《みくら》に渡しなさい」

御蔵とは、理也に雑用を指図したごま塩頭の男のことだ。理也は東吾からその紙を受け取った。

「――理也、さっきまで私と何を話していたか、覚えているか？」

理也を見て、東吾が問う。理也は寝入ってしまう前までの東吾との会話を思い出そうとした。でも何だか薄く靄《もや》がかかったようになって、うまくいかない。

「ええと……竹葉のおうちのこととか、東吾さまの歳とか……俺が部活に入ったこととか……」

話せたのは、たったそれだけのことだ。東吾が支度してくれたとはいえ、おにぎりにがっついてなんかいないで、もっとたくさん話をすればよかった。

「そうか」

東吾は微かに笑って、理也の頭に手を載せた。撫でられる心地よさにたった今味わった後悔も忘れそうになるが、東吾の掌が離れていった時は、猛烈な寂しさで体が竦みそうなほどだった。

「おやすみ、理也」

それが合図だ。理也は泣きそうなのを堪えて「おやすみなさい」と応えると、東吾に頭を下げ、立ち上がり、部屋を出た。

離れ家を出て、御蔵がいるであろう母屋に向かう。元々竹葉家で暮らしているらしき、道着を着た男たちは、皆母屋で寝起きしているようだった。

理也が母屋の玄関をくぐるとすぐに、御蔵が姿を見せた。

「どこに行っていた。部屋にもいないで、どこをうろついていた」

頭ごなしに自分を叱責する御蔵に、理也は手にしていた紙を差し出す。

「何だ？」

怪訝《けげん》そうに紙を開いた御蔵は、元々険しい顔の眉間《みけん》にさらに深い皺《しわ》を刻み、大仰な溜息をつくと、紙を畳み直して理也を見下ろした。

「まったくお館様も、この『――』に甘い」

御蔵の言葉が、理也にはまたうまく聞き取れない。多分自分のことを罵《ののし》って何か言っているのだろうが、理解できない。

「混じりもののくせに」

次に汚いものを吐き出すように言った言葉は、ちゃんと聞こえた。ただ、やっぱり意味はわからなかった。

「あの……」

「部屋に戻れ、明日は陽が昇る前に水汲みをしておけよ」

気になって問い返そうとした理也を遮って、御蔵がそう言い捨てると、背を向けて去っていく。

以前御蔵に呼ばれてすぐに飛んでいかなかった時は、拳《こぶし》で打ち据えられたことを、理也はふと思い出す。去年だったか、一昨年だったか。だが今日の御蔵は、ぶつぶつと口の中で悪態らしきものをつきながらも、理也には手を上げずいなくなった。

（東吾さまが、何か書いてくれたんだ）

御蔵の様子でそう察する。あの手紙には、きっと理也を叱らないようにと、東吾から御蔵に向けた言葉が記してあったのだろう。

それが嬉しくて、理也は両手で胸を押さえた。

その時、着物の袂《たもと》でかさりと妙な音がした。そういえば片方の袖だけが何となく重たい気がする。理也は首を傾げながら、袂に手を入れてみた。

何かを包んだ懐紙が出てくる。何だろう、と思って開くと、中には綺麗な色の小さな落雁が三つ収まっている。どうやら理也が眠っている間に、東吾がこっそり余った分を入れておいてくれたらしい。

「……」

理也は本当に幸せな心地になって、大事に大事に、懐紙ごと落雁を胸に押しつけた。

4

携帯電話のアラームで目を覚ました時、理也の胸にはぽっかりと大きな穴が空いたようになっていた。

猛烈な寂しさ。それで、理解する。

(東吾さまが、屋敷にいない……)

用事があって出かけたのか、それとももう戻ってこないのか。それを知るすべもないまま、理也は寝床を抜け出した。まだ朝日が昇りきる前だというのに、東吾は理也よりも早く起床したか、あるいは眠らないまま屋敷の外へ向かったのだ。

(俺が部屋に押しかけなければ、東吾さまがちゃんと休めたんじゃないかな……でも会えたのは嬉しいし……)

東吾のことばかりを考えながら、理也は身支度をすませて、昨日の続きの草むしりを始めた。しばらくすると、屋敷のあちこちで人が起き出した気配がする。剣や弓の朝稽古をしているらしき声や音も聞こえた。やがて御蔵がやってきて、理也に草むしり以外の用事も言いつけた。

掃除や洗濯や薪《まき》割りなどの雑用をこなす合間に、今日は朝食も昼食もきちんと食べさせてもらえた。

屋敷の中で何か慌ただしい空気が生まれたのは、理也が昼食を取って少しだけ休憩を許されたあと、再び雑用に手をつけてしばらく経った辺りだった。

「駄目だ、向こうに連れていけ！」

「水を持ってこい！」

薪を厨房に運んでいた理也は、何ごとだろうかと、声のする方へ何となく視線を巡らせた。裏門の辺りから、ばたばたと人が走り込んでくる音がする。

微かに鼻を突く嫌な臭いを感じた。

（血……？）

腥《なまぐさ》さを感じる。ただの血の臭いじゃない、もっと不快な臭い。

とても無視できる臭気ではなく、理也は声のする方へとそっと様子を窺《うかが》いに出た。

屋敷にいた道着姿の男たちは、裏門から、その近くにある小屋の方に向かっている。理也が寝起きしている離れよりももう少し広い建物だ。

道着姿の男たちの他に、見たこともない、年齢も性別も様々な人たちがその小屋に向かっていた。袖のない着物を着た者から、Tシャツにジーンズ姿の者と、まとまりがない。

共通しているのは、彼らがひどい怪我《けが》をしているらしいことだった。

頭や腕から血を流し、肩を支えられて歩き、手脚を持って運ばれ、何かひどい大事故でも起こったあとのように見えた。

道着姿の男たちは、怪我をしてふらついている彼らに怒号を向けて早く小屋に入るよう指示するだけで、手を貸そうとしていない。怪我をした者同士で手を貸し合い、声を掛け合いながら、次々小屋に転がり込んでいる。怪我人は十人近くいた。

その異様な眺めに理也が立ち竦んでいると、怪我人を怒鳴りつけていた御蔵が、理也を睨《にら》みつけた。

「何をやっている！　向こうへ行け！」

「でも——怪我をしてる人がいるなら、何か、手伝いを」

救急車を呼ぶにしろ、この山奥に辿り着くまで時間がかかるだろう。それまで応急処置など、自分にだって手伝える。

そう思って申し出たのに、御蔵は追い払うように理也に向けて手を振った。

「貴様は部屋に戻っていろ、用事はあとでいい！」

御蔵は理也に近づくと、着物の襟首を摑《つか》んで乱暴に向こうへ押し遣った。怪我をした人たちが気懸かりで仕方なかったが、理也は御蔵に追い立てられるように、寝起きしている小屋に戻った。大人があれだけ居れば、自分が残っていてもできることなどたかが知れているだろうが――。

(俺くらいの人もいた)

高校生か、中学生かという年頃の少女も、頭から血を流し真っ青な顔で、他の大人に運ばれていた。この辺りの山道で大規模な交通事故などが起きるとも思えないし、一体、何があったのか。

(熊に襲われたとか……?)

何にせよ怖《おそ》ろしい。理也は不安な心地で、一人膝を抱えて座った。携帯電話でニュースでも見られたらいいのだが、ここは電波が届かない。

しばらくなすすべもなくそうして座り込んでいたが、そのうちに、ひどく喉が渇いてきてしまった。トイレにも行きたくて、おそるおそる、理也は小屋から外に出た。

小屋に冷蔵庫などついていないし、雑用以外で厨房に入れば叱られるから、水は裏庭の井戸から汲み上げて飲むしかない。

部屋にいろと言われたのに外に出て、御蔵にでもみつかれば叱責される気がして、理也は辺りを窺いながらそろそろと井戸を目指した。

慌ただしかった空気は大分落ち着いている。怪我人はすべて離れに運び込まれ、今は手当を受けるか、医者を待っているのだろう。

男たちの姿は見当たらず、理也は誰に見咎められることなく井戸に辿り着いたが、そこに、先客がいた。

Tシャツにジーンズ姿の、高校生くらいに見える背の高い少年だった。

そのシャツが血で汚れている。だがそれに頓着しない様子で、少年は汲み上げた水を手桶に移していた。

「――ん？」

近づいてきた理也に気づいて、少年が振り返った。微かにそばかすが浮いた顔に、どこか愛嬌《あいきょう》がある。明るい雰囲気の少年だった。

道着姿の男たちは、誰も彼も理也を見ては渋い顔をする。だからこの屋敷で、自分を見ても眉を顰めない人を、理也は初めて見た。

「誰だ？」

少年は、不思議そうな表情で理也に訊ねた。それは、理也の方こそ聞きたいことだった。

「見たことないけど、新しく来たやつかな」

少年の口振りは、この屋敷にずいぶん馴染みのあるように聞こえた。覚えていないが、以前からここに住んでいる人なのだろうか。自分の記憶というものに自信がない理也は、どう答えたものか悩んだ。

それで黙りこくることになってしまった理也に、少年は少し首を傾げた。

「オレは、火野《ひの》っていうんだけど。おまえは？」

「三枝……理也です」

「――マサヤ？」

少年、火野の目が微かに見開かれた。その反応に理也が驚くと、彼も理也の表情を見て、露骨に「やばい」という顔になる。

「えっと、俺、これをみんなのとこに運ばないといけないから」

火野は何かを誤魔化そうとしている。理也はそれを見過ごせず、逃げるように立ち去ろうとする火野のシャツの背中を、咄嗟《とっさ》に摑んだ。

「俺のこと知ってるんですか」

「……いや……」

もごもごと、火野が言い辛そうに口の中で答えた。

竹葉家に来て、理也にはわからないことばかりだ。

それに不満などなかったはずなのに――今は、知りたいと思い始めている。

（だって、東吾さまのことを思い出したい）

自分と東吾はどういう関係なのか、なぜこの家に呼ばれるのか、自分はなぜそれを知らないのか、なぜそれを知らずにいて平気だったのか。

きちんと知るべきではないかと、ゆうべ東吾の部屋から戻って眠りに就くまでの間、理也はずっと考え続けていた。

「オレ、ほんと、わかんないって。おまえと会うの初めてだし……」

火野は弱り切った様子で理也から目を逸《そ》らしている。理也は彼の前に回り込んだ。

「でも俺の名前、知ってました。どうしてですか？　誰かに聞いたんですか？　東吾さまとか……」

理也の問いを聞いて、火野がぎょっとした顔になる。

「お館様⁉　まさか！　オレなんかお館様と直接口聞けるもんじゃないし」

「でも火野さんは、ここで東吾さまと一緒に暮らしてるんじゃないんですか」

とんでもない、というふうに、火野が首を横に振った。

「今日ここに入れてもらったのは、普通じゃない事態だからだ。オレらはいつもは里で暮らしてるよ。呼ばれればまあ、ここに来るけどさ」

「里……？」

怪訝そうに繰り返した理也に、火野がまた「やばい」という顔になった。

「駄目だ、おまえとは関わるなって言われてるのに」

「誰に——御蔵さんとかに……？」

「い、いや」

　また失言したと思ったのか、火野は口許を押さえて、視線をあちこちに彷徨《さまよ》わせている。どうも、嘘をつくのが下手な性分らしい。

「教えてくれないと、大声出します」

　卑怯《ひきょう》な手段だとは思ったが、理也は火野を見据えて告げた。

　火野は、理也と一緒にいるところを誰かに知られてはまずい立場にあるようだ。だから思い切って脅《おど》しをかけてみたら、効果は覿面《てきめん》だった。

「待て、ここで騒いだら、人が来ちまう。オレだけじゃなくて、おまえだってぶん殴られるだろ」

「関わるなって、御蔵さんたちじゃなきゃ、誰に言われてるんですか」

　さっき火野は『お館様と直接口聞けるもんじゃない』と言っていたが、誰かを通じて東吾に命じられたことだってあるかもしれない。もし東吾だったらと思うと、理也は腹の底が冷えるような感触を味わった。東吾が本当は理也を厭っていて、火野の方を大事に思っていて、それで理也と関わらないよう告げていたとしたら。

「火野さんは、東吾さまとどういう関係なんですか」

「どういう、って……」

火野は困惑した様子で、藁《わら》色をした髪を掻き上げた。

「火野さんは、竹葉の家の人じゃないんですか？　さっき、『外』って言ってたけど、それは」

「……まいったな。おまえ、もしかして何も知らないのか」

次に苦笑いを浮かべて、火野が頭を掻いている。

「つっても、オレも、何も知らないんだよ。どうしておまえと関わっちゃいけないのか。とにかく、そう言われてるってだけで」

「誰に？」

「仲間に」

「仲間？」

苦笑する火野から覚えのある腥さが漂っていることに、理也はさっきから気づいていた。血と肉の匂い。それが空気に触れて、変質した時の臭い。火野のシャツは血で赤黒く汚れている。

「あの……怪我、してるんじゃ」

「ん？　ああ、いや、オレは平気だ、かすり傷だし」

理也の目が血に汚れたシャツを見ていることに気づいて、火野がふと表情を翳《かげ》らせた。

「これは、仲間の血だよ。――そうだ、オレ、みんなのところに戻らなけりゃ」

火野は、先刻人々が運ばれていった小屋の方へ向かおうとしている。理也は慌ててそれを追い掛けた。

「怪我をしてる人たちは、どうしたんですか？」

「襲われたんだよ」

「襲われたって、熊とかに……？」

訊ねた理也を、火野が呆れたような目で振り返る。

「熊のわけあるか、熊なんか、オレたちの相手じゃない」

「じゃあ、何に？」

「そりゃ、竹葉様の敵だよ。臭いでわかるだろ、おまえだって」

「臭い……」

鸚鵡《おうむ》返しに呟く理也に火野は何か腑に落ちないような表情をしながら歩いていたが、不意に思いついた様子で、「ああ」と頷いた。

「おまえ、まだ顕現してないんだな」

また、その言葉だ。ゆうべあの変な匂いのする部屋でも、東吾の部屋でも言われた、理也は意味を知らない言葉。

「顕現って、何ですか」

「マジで何も知らないのか……？　でも、おまえ、ずっとここに住んでるんだろ？」

逆に火野に問われてしまう。理也は大股に歩く火野の隣を小走りに進みながら、首を横に振った。

「ずっとじゃないです、夏の間だけ」

「ふうん。まあいいや、おまえ暇なんだったらこのまま一緒に来てくれよ。どうせおまえの臭いはオレについちまっただろうし、仲間には隠したって会ったことはバレるだろうから、叱られるなら一緒だ。手伝ってくれ」

「手伝うって、怪我人の？」

「そう、手当てとか。傷口洗って、綺麗な布で縛ってやらないと、死んじまう」

死んじまう、と言った時の火野の様子は深刻なものだったが、それでも日常会話の中で『死』という単語があまりに簡単に出てきたことに、理也は驚いた。

「お医者さんはまだ来ないんですか」

「医者？　そんなもん、呼ばれるわけないだろ」

「え？」

「オレたちを人の医者になんて見せられるもんかよ。狐にやられた傷なんて」

「狐？」

「まああんまりひどく死にかけるようなら、何とかしてもらえるだろうけど。今んとこ俺らだけでどうにかできそうだし、『内』に入れてもらえただけありがたいぜ」

火野の言っている言葉の意味が、理也にはよくわからない。またこんなふうだ。誰かの言っている言葉が、単語の意味がわかったとしても、頭にすんなり入って来てくれない。まるで外国の言葉を聞いている気分になってくる。

（ええと、熊じゃなくて、狐？）

野狐の群れに襲われたというのか。だったらやはり医者に診せないと、感染症なども怖ろしいのではと思いながら、理也は早足に進む火野の後をついていく。その時ふと、火野の右腕にも赤い血がついていることに気づいた。これも他の人の血だろうかと、半袖シャツの袖口で見え隠れする辺りに目を凝らしたら、それは血ではなく痣《あざ》だった。赤黒い、拳大の、花のような痣が火野の腕にくっきりと浮いている。あまりに鮮やかだったので、理也はそれに見入ってしまった。

（今さっきついたような感じじゃないけど……）

そうしているうちに小屋に辿り着いた。その建物からは、低い、苦しそうな呻き声が漏れ聞こえている。

火野が木戸を開けて中に入り、理也もそれに続いた。

中に明かりを灯す道具はなく、硝子《ガラス》のない小さな窓から射し込む陽光だけが光源だった。

中に入った途端、むっと血の臭気が鼻をつき、理也は怯む。

狭い小屋には筵《むしろ》が敷かれ、そこに人が二人仰向《あおむ》けに寝転び、若い男が一人壁に凭れて座り深く項垂《うなだ》れ、もっと年嵩《としかさ》の男がもう一人、その向かいの壁に同じように座り込んでいる。

皆やはり手足や頭に怪我をしていて、寝転んでいる少女は、二の腕辺りの肉が抉《えぐ》り取られ、傷口には動物の歯形のようなものがついている。その上をきつく布で縛りつけてあった。

(ひどい……)

それだけで血が止まるわけがない。相当痛むだろうに、真っ青な顔のまま唇を嚙み締め、泣き声も上げていなかった。

「水野《みずの》は、駄目だったよ」

座り込んでいた若い男が、かさかさの声で呟いた。彼のそばに手桶を持って近づきながら、火野が「そうか」と悲しそうに相槌《あいづち》を打っている。

「穢《けが》れは置いておけないからと連れて行かれた。これが形見だ」

「そうか……持って帰ってやらなきゃな」

ぼそぼそと低い声で話す火野たちの言葉に、理也は背筋が寒くなる。形見、と言った。本当に、誰か死んだのだ。

こんな身近に死が存在するということが、怖ろしいのに、どこか現実感に乏しくもある。嘘みたいに聞こえた。

（必要ないって言っても、やっぱり救急車とか、呼んだ方がいいんじゃ）

この怪我に、人が死ぬほどの事態に、ただの高校生でしかない自分が一体どんな役に立てるというのか。

困惑しながら薄暗い小屋の中を見回した理也は、少女の傍《かたわ》らに妙なものをみつけて瞬きした。

薄茶色の毛。丸まって眠る動物がいる。犬のように見えた。ひどくぐったりとしている。

（犬……じゃない？）

目を凝らせば、柴犬などよりは小さく、かといって小型愛玩犬のようにちんまりしているわけでもない。耳が大きくて、鼻面が長くて、少し黒ずんでいる。尻尾もずいぶん太かった。

「狐……？」

テレビや写真で見た覚えのある、それは、狐の姿にそっくりだった。

「ひ、火野さん、狐が」

さっき、火野は仲間が狐に襲われたといっていたのではなかったが。

「狐がいる」

そうじゃなくても、間近にそんな動物がいることに驚いて理也は声を上げた。

男の前で身を屈め、その脚に濡らした布を当てていた火野が、怪訝そうな顔で理也を振り返った。

「え？　何言ってんだ」

「だから、狐が、ここに」

狼狽《ろうばい》する理也に、火野が呆れきった目を向ける。

「おまえだって、狐だろ」

「――え？」

急激に。

火野の言葉を聞いた瞬間、目の前でパチンと風船が弾けるような衝撃が、理也に訪れた。

視界が白くなる。何も見えなくなった。

頭から一気に血が下がり、意識が遠退く感じがする。

（そうだ）

自分の体が傾ぐのがわかった。でも理也はどうすることもできず、萎えたように力の入らない手足を、そのまま宙に投げ出す。

思い出した。

どうして今まで忘れていたのかというくらい鮮明に思い出した。

(俺は、狐だった)

はっきりと言葉でそう考えると同時に、理也は意識を失った。

◇◇◇

一体どのくらい気を失っていたのか。

しょぼしょぼする目を理也が開いた時、視界は白くぼんやりとしていて、周りがよく見えなかった。

ぼうっと目を凝らしていると、目の下辺りに、ただ視界が霞《かす》むという以上に白い何かがあるのがわかった。

毛だ。

白い毛。

それが自分の手——前肢であることが、理也にはわかっていた。

理也はぺたりと冷たい床に腹をつけ、両の前肢に顎を乗せて、俯《うつぶ》せに寝転んでいる。

そのまま辺りを見遣った。暗い小屋の中。理也のいるところは木張りの床だが、部屋の真ん中には筵が敷いてあり、そこに人が二人横たわっている。

それが、先刻、気を失う前よりもずいぶんと低い位置で見えた。床から数センチという高さから見上げる小屋は、さっきよりも広く感じる。

壁に凭れるように座る男も、理也の覚えているままの格好でそこにいたが、低いところから見上げたから、その顔が土気色をしているのがよくわかった。男はぽっかりと目を開けている。口もだらしなく開いて舌がはみ出し、唾液が座った脚にまで糸を引いている。目は何も見ていなかった。まるで心を持たない人形のようで、光のない瞳は虚ろで、理也は自分がぶるりと震えて背中の毛が逆立つのがわかった。

(火野さんは……)

首を巡らせると、放心した男の向かいにも狐がいた。二匹いる。両方、床で丸まっていた狐と同じ茶色い体毛をしていた。手前にいるのが火野で、壁側で力なく横たわっているのが、さっき火野に手当てを受けていた若い男なのだと、理也にははっきりわかった。

火野は茶色い毛並みを赤黒く血で汚す狐のそばに寄り添っている。目を閉じてじっとしていた。

（ああやって、弱った仲間に力を分け与えているんだ）

人の医者など呼ばれるわけがないと火野が言っていた意味がわかった。狐は狐同士、触れ合うことで力を分け合っている。

（俺も、手伝った方がいいんだろうか）

若い狐の生命力が、火野に比べてかなり弱々しくなっていることも、理也には感じ取れた。火野のように、自分の力を分け与えるべきだと自然と考えたものの、理也にはその方法がわからなかった。おそらく、ただ身を寄せるだけでは駄目だ。

火野に、聞いてみようか。でもこの獣の身で、喋ることはできるのだろうか。それに、目を閉じて心を集中させている様子の火野の邪魔になってはしまわないだろうか。

迷ってためらっているうち、ふと、火野が理也を振り返った。何かほっとして、理也は狐の口を開きかけるが――。

「……」

じっと自分を見返す火野の目が、懐疑と警戒を宿していることに気づいて、理也は短く息を吸い込んだ。

火野の向こうに横たわっている狐は、その格好のまま、火野よりももっと顕著に警戒

──あるいは威嚇のような視線を、理也に向けている。

おそるおそる、理也は周りを見遣った。

床に横たわっている大人の男も、少女も、同じような目で理也を見ている。

悪意があるというよりも、何かを怖れているような空気だった。

──混じりもの。

人の声とは違う囁《ささや》きが、理也の耳に届いた。

御蔵にも言われた言葉だった。

──おまえは仲間じゃない。

そう囁かれて、理也はひどく悲しい気持ちになった。

自分が狐だと思い出した時、火野たちも同じ姿になっているのを見た時、理也の胸に湧き上がったのは喜びだった。

人の中でうまく交われずにぼんやりと生きてきたのは、自分が狐だったからだ。でも、火野やこの建物にいるのは同じ狐だ。生まれて始めて、仲間が、友達が、できるかもしれない。

漠然とそう考えていた。だが、それは虫のいい希望だったのだ。

理也は火野に向けて何か呼び掛けようとした。何を言うべきか思い浮かばないまま、ただ、彼の名前を呼ぼうとしたのに、それはただ喉の奥が「きゅう」と憐《あわ》れっぽく鳴るだけで、人の言葉にはならなかった。

理也は打ちひしがれたような心地になって、のろのろと、丸めていた体を起こした。ただ起き上がっただけなのに、火野たちが警戒するように身構えるから、ますます悲しくなる。

少し後退《あとず》さるようにして、敵意も悪意もないことを示してから、理也はそろそろと小屋の戸へと向かった。その場で意識のある全員が自分を遠巻きに見守っている感じがする。

理也は小さな足音を不器用に立てながら戸口に向かい、少しだけ開いていた隙間に鼻面を押し入れてそこから抜け出た。

小屋の前に、汚れた水をあけたような水たまりがある。理也はそのそばに近づき、水面を覗き込んだ。

黒い瞳以外は真っ白な狐の姿が映っている。

理也は項垂れて、小屋から離れた。自分がそこにいては、火野たちの心が安らげないことは目に見えている。

でも、どこに行っていいのかがわからない。

御蔵たちにみつかれば、竹刀で打ち据えられる。『狐』は本来、屋敷のある敷地内に入り込んではいけないのだ。

(そうだ。なのに俺は、ここで暮らすことを許されてた)

とぼとぼと歩きながら、理也は思い出す。

人の身でいる時は不鮮明で、うまく取り出せなかった記憶。

三枝の家に引き取られるまでは、この竹葉の屋敷で暮らしていた。今寝起きしている小屋が理也の住処だった。死にかけの子狐で、藁の布団の上に丸まって、ずっと眠っていた。水と食事が御蔵か他の男たちの手によって運ばれてきた。眠りから覚めては、小屋の前に放ってあるその皿に口をつけ、また中に戻って藁の上で丸くなる。

その頃のことが今以てなお明らかではないのは当然だ。理也は一日のほとんどを眠って過ごしていた。意識がある時は、苦しくて、辛くて、目もうまく見えなかったのだ。

男たちは理也に声をかけることもなく、たまに浴びせられるのは罵声と舌打ちで、少し元気のある日に小屋から出るところをみつかれば、竹刀で叩かれ追い払われた。

『狐めが』

御蔵たちは蔑むように言った。

人の姿だった時の理也にはきちんと聞き取れなかった罵りの言葉も、それだったのだろう。狐が。狐風情が。

『混じりもののくせに』

御蔵たちだけではなく、さっき火野たちにも言われた。その意味はまだわからない。ちっともいいことではないのだけはたしかだった。

自分が人からも、同じ狐からも忌《い》まれる存在であるという事実が、理也を打ちのめす。人間の姿だった時には感じなかった辛い気持ちが、狐の身ではやけに染みる。

俯いてとぼとぼと歩き続けて、理也はそっと竹垣の破れ目から敷地の外へ出た。ここにいたくなかった。自分を受け入れてくれる人の誰もいない場所は虚《むな》しい。かといってやっぱり当てもなく、ただ前肢と後肢を使って歩くうち、何か、既視感のようなものが理也の頭を過ぎった。

竹垣で囲まれたお屋敷の周りにも、いくつか同じように垣根のある場所が点在している。そこを繋ぐ、人に踏みならされて自然とできたような道とも呼べぬ道を歩くうち、また竹垣にぶつかり、その竹垣の合間に生えた木、小さな赤い花をつける低い木に、見覚えがあったのだ。

(東吾さま)

地面に落ちた赤い花びらを見た時、理也の脳裡《のうり》に東吾の姿が浮かんだ。

(東吾さま、東吾さま、東吾さま)

東吾は着物ではなく、黒い学生服を着ていた。

『――どうした』

今よりも少しだけ高い、同じように優しい、心配そうな声音で、理也に呼び掛けてくれた。

だが視力も聴力も弱すぎて、理也にはただ見知らぬ人間が来たことしかわからず、怖ろしくて、怖ろしくて、耳を伏せ怯えるばかりだった。

『はぐれたのか？　誰の仔《こ》だ？　……いや、里の狐ではないのか』

ふわりと、軽々と、抱き上げられる。抵抗する力もない理也の軽さに、少年の東吾が驚いたように息を呑むのが聞こえた。

『もう大丈夫だ。そんなに震えなくていい、何も怖がる必要はないから。俺はおまえの味方だよ』

宥めるように、声音と同じく優しい手が、理也の背を撫で、鼻面を撫で、首を掻いた。

それから、まだ震える理也を労《いたわ》るように、理也の頬に自分の頬を寄せた。

(東吾さま)

そんなふうに、誰かから慈しむように触れられたのは初めてだった。

『俺の部屋に連れていってやろう。今なら皆、父さんにつきっきりだから、誰も俺のこと

を気にしない』

子狐の理也に言葉が通じると確信しているように、東吾は小さな声で語りかけてきた。

『今は安心して、眠りなさい。心配はいらないから』

大丈夫、心配いらない、と繰り返す東吾の言葉が、呪文か子守歌のようになって、理也は次第に震えを収め、東吾の温かい体の方へ自分の身をすり寄せるようにしながら、静かな眠りに就いた。

（東吾さま）

そして今も、理也はあの頃の東吾とその手や声の温かさを思い出しながら、道の端で丸まって眠った。

◇◇◇

「理也」

だからその声に名前を呼ばれた時は、まだ夢の中にいるような心地だった。

「どうした、理也。こんなところで眠り込んで」

ふわっと、体が浮いた。抱き上げられる感触。

東吾の気配と匂いが全身を包んで、理也はたとえようなく幸福になった。

「――様！　お館様！」

理也が夢、あるいは記憶の中と同じように東吾の体へと身を寄せようとした時、遠くから、東吾を呼ばわる声が聞こえた。御蔵の声だ。理也は反射的に身を竦める。

御蔵の声と足音が近づいて来て、怯える理也を、東吾がそっと地面に下ろした。赤い花の咲く木の根元に寝かされ、頭を軽く撫でられ、不安なまま理也は東吾を見上げる。

袴姿の東吾が理也を見下ろし、一瞬目許で優しく笑いかけて、理也の前に立ち塞がるようにしながら振り返った。

「どうした、騒々しい」

「いえ――申し訳ありません、急にお姿が見えなくなったものですから」

御蔵の声を聞き、理也は精一杯身を縮めた。だが、東吾が庇《かば》うように立ちはだかってくれているとはいえ、物陰に身を潜めているわけでもない。ただ地面で縮こまっているだけだから、御蔵が少し視線を下げればすぐにみつかってしまうだろう。

東吾がいればぶたれたりはしないだろうが、また嫌悪や蔑みの目で見られることを想像するだけで、理也の気持ちが萎えてきてしまう。

「屋敷の方にお戻りください。あの性悪狐めがこの辺りに潜んでいるとも限りません」

性悪狐、と憎々しげに吐き捨てた御蔵の声に、理也はますます身が竦む。もしかして自分のことを言われているのだろうかと思えば、なおさら。

「ご指示通り、里の狐を連れて辺りを見回ってはおりますが――」

理也は少しでも小さくなろう、御蔵の目から逃れようと思うあまり、無意識に後退さり、足許の小枝を踏んでパキリと折ってしまった。

その音が、思いのほか響く。

「うん？」

御蔵が怪訝そうに呟いて、身を屈めた。東吾の袴の奥、理也のいる方を見遣り――、

「気のせいか」

独り言のように漏らすと、すぐにまた体を起こす。

ぶるぶると小さく震えていた理也は、御蔵が自分に気づかなかったことに驚き、拍子抜けした心地になった。

（こっちを見たのに……気づかれなかった……？）

「先に戻っていろ。私もすぐに行く」

「しかし、お一人では」

「私が一人で平気だと言っている」

「――は」

微かに不満げなものを声の調子に残して、御蔵が去っていった。

その足音が遠ざかってから、東吾がその場に屈み込み、理也を笑って見下ろした。

「もう大丈夫だ。そんなに震えなくていい」

東吾がまたひょいと理也の体を抱き上げる。

「今は、私以外の者におまえの姿は見えないようにしている。他の人間にも、他の狐にも」

――そうだ。東吾は、そういうことができる人なのだ。

「だが表門から向かえば出迎えが面倒だから、裏から行こう」

東吾は理也を抱えて、屋敷の裏門へ歩き始めた。

「所用で街に戻っていたが、竹葉の狐が余所者の狐に襲われたと聞いて、戻ってきた」

東吾に抱かれたまま、理也は小さく頷いた。『竹葉の狐』とは、火野たちのことだ。余所者の狐が何かは、知らない。

「懲りもせず、飽きもせず、思い出したようにあの狐が来る。本当に性質の悪い狐だから、理也は一人で敷地の外に出たりしてはいけないよ」

どうやら、性悪狐というのは、自分のことではないらしい。それがわかって、理也は心底ほっとした。

　裏門を通って、東吾が自分の離れ家まで理也を連れてきた。ゆうべ入った文机のある部屋に理也を下ろし、大人しくするよう言い置いて、東吾が御蔵たちの待つ母屋の方へと向かっていった。

　理也はふかふかの座布団の上に下ろされて、心許ない気分で、そこにちんまりと座った。

（東吾さまの部屋――前の『お館さま』の部屋）

　病弱だった竹葉の先代は、この離れ家でずっと臥《ふ》せっていた。先代の死後、新しい当主となった東吾が、この離れ家を譲り受けたのだ。先代がいた頃はここに足を踏み入れるなんて許されなかったが、彼が亡くなった後は、東吾が夏の間や年の暮れ、正月などを屋敷で過ごす時、理也をこっそり連れてきてくれた。

（昔から、優しい人だった）

　理也を拾った最初から、東吾は本当に、優しかった。

　――そう、自分は、東吾に拾われたのだ。理也は鮮やかにそのことを思い出した。さっきの、あの赤い花が咲く木の下で。弱り切って死にかけだった理也を、東吾がみつけてくれた。

　自分がなぜ人の姿をしているのか、あるいはなぜ狐の姿になるのかまでは知らない。火野たちと会ったのは今日が初めてで、彼らと自分がどういう関係なのかもわからないままだ。

今の理也が確実にわかるのは、東吾が自分を拾って、救って、守ってくれているということだけだった。

そしてそれで充分だった。

(東吾さま)

理也は座布団の上で丸くなり、東吾の気配の残る部屋で安らぐ心地になった。東吾の名前を心の中で呼ぶと、その姿を思い出すと、ひどく満たされる。

そのまままた少し寝入ってしまったらしい。

気づけば、座布団ではなく、座布団に胡座《あぐら》をかいた東吾の足の上で眠っていた。

東吾さま、と名前を呼んだつもりだったが、人の言葉にはならず、子犬のような声が喉から漏れただけだった。

東吾はすぐに理也が目を覚ましたことに気付き、指でくすぐるように鼻面を撫でてきた。笑っている。理也も笑い返したかったが、狐の姿ではそれが笑顔に見えるのか、ちょっと疑問だった。

(ゆうべもこうしていてもらってたんだ)

東吾に呼ばれてこの部屋に来て、抱き上げられて、ずっと体を撫でてもらっていた。人の体で目を覚ました時に着物が乱れていたのは、狐の姿になっていたからだ。

昨日だけではなく、子狐の頃に拾われてしばらくは、屋敷の東吾の部屋にいたと思う。東吾は多分、周りの人たちから理也を隠して、食事や水を与えてくれたのだ。理也はずっと暖かい柔らかなところで、生まれて始めて安らいだ気持ちで眠ることができた。それでも悪い夢を見て泣きながら目を覚ますと東吾がいて、抱き締めて撫でてくれて、それでまたひどく安心できたことを思い出す。

(忘れたくないなあ)

東吾の指先に自分から鼻面を押し当てながら、理也は思った。

東吾と出会った時のことを、こんなに優しく撫でてくれる感触のことを、理也は忘れたくない。

でも、人の姿になれば、狐である時の記憶を失くしてしまう。

「自分のことを思い出したか?」

どうやら東吾には、理也の考えていることがわかるらしい。理也はこくりと、狐の頭を上下に振った。

「喋り方は忘れてしまったか。声に出そうとするのではなく、言いたいことを頭に思い浮かべてごらん」

東吾に促されるまま、理也は彼の足の上で身動ぎしてその顔を見上げ、「東吾さま」と頭の中で強く名前を思い浮かべた。

にこりと、東吾が笑う。

「聞こえるよ。私の名だ」

伝わったことが嬉しくて、嬉しくて、理也は尻尾をぱたつかせた。

『俺は、狐だったんですね』

「そう。竹葉は、昔から狐を使役する家系だった。狐はただの狐ではなく、人の姿を取ることができ、竹葉家の者に仕える。理也もその特別な狐の末裔《まつえい》だよ」

特別な、という響きがまた嬉しくて、理也は自分の鼻面を撫で続けている東吾の指を、ぺろりと舌で舐《な》めた。熱心に毛繕いするように繰り返し舐めると、東吾がくすぐったそうな笑い声を上げる。

昔もこうした。拾われてしばらく経った頃、東吾が部屋で声を殺して泣いているのを見たことがある。父さんが死んだ、と言っていた。理也は東吾が泣いていることが自分も悲しくて、どうしたらいいのかわからなくて、必死に彼に身をすり寄せた。自分がしてもらったようにその頭を撫でてあげたかったのに、ちっとも届かなかったから、代わりにその指や手の甲を舐めた。

そうすると東吾が少しだけ笑ったから、嬉しかった。

「さっき、他の狐たちに会っただろう。彼らも竹葉に仕えてくれる者だ。この近くで狐ばかりの里を作って暮らしている。必要な時には人の姿になり、竹葉の仕事を手伝ってくれる」

『仕事？　建設……の？』

「人の集まるところ、逆に人の寄れないところには、よくない気や念のようなものが溜まり、淀《よど》み、さらによくないものを引き寄せることがある。建物を建てようとしても事故が立て続けに起こったり、施主に不幸が重なって結局計画が中止になったり。そういう時に呼ばれるのが竹葉家であり、それを祓《はら》う時に我々を手伝い、役立ってくれるのがおまえたち狐だ」

流れるようにそう説明してから、東吾が微かに息を吐き出すように笑った。理也は首を擡《もた》げて彼を見上げる。目が合った。

「理也にこの話をするのは何度目だろう」

たしかに、以前にも、こんな話を東吾から聞いた気がする。

まだ思い出せないことがあるのか、あるいは人の姿になるたびに、記憶が薄れてしまうのか。

「理也はまだ人としても狐としても自我がきちんと形成されていないんだ。おまえは私と会った時、ひどく衰弱していたからね。体を癒すことにすべての力を割いていたんだろう」

『俺も、里で暮らしていたんですか？』

東吾に拾われる以前のことも、まだ思い出せない。理也が訊ねると、東吾がそこはかとなく悲しそうな顔になった気がする。

「いや、おまえを拾う以前のことは、私にはわからないんだ。里で暮らしていたのではないと思う。他の狐は皆おまえを知らないと言っていた」

そうなのか……と理也は落胆した。自分に仲間や、本当の両親や、兄弟でもいれば、嬉しかっただろうに。

「竹葉に仕えず里を離れる狐もいる。あるいは、竹葉以外に狐を使役する者たちもいるだろう。その流れなのかもしれない」

項垂れる理也の頭を、東吾の大きな手が撫でる。

「できればおまえをずっと隠していたかったが、そのうち人の姿を取れるようになると、とても隠しきれるものじゃなかった。私もあの頃は今より未熟で、おまえを里の狐と同じように竹葉のものにするという老人たちの決定を、覆せなかった」

東吾は悔やむように言うが、理也はふるふると首を振った。東吾に拾われて、世話をしてもらったことだけで、充分すぎるほど幸運で幸福だとしか思えなかった。

　そう訴える理也に、東吾が微かに笑う。

「三枝の、おまえの養い親は、竹葉の傍流の者たちだ。理也を守るように頼んである。私はずっとこの屋敷にいられるわけではないから、ここで理也を一人にしておくのは、どうしても心配なんだ。ここには狐を下に見て、乱暴な扱いをやめない者たちもいる。——正直に言えば、ほとんどの者がそうだ。我々はおまえたち狐に力を借りているだけであって、決して、服従を強いているわけではないのだが……結果的に、そういう扱いになってしまうことがある」

　怪我をした狐たちを荒っぽく小屋に追い立て、手当てもせずにいた御蔵たちの姿を思い出し、理也は悲しくなった。

『怪我をした狐たちは、傷を診てはもらえないんですか』

「そのために私が戻ってきたんだ。当主である私が屋敷にいれば、狐たちの力になる。薬も運ばせた。連絡を受けた時、すぐにそうするように伝えたんだが……私は竹葉家の当主としての資質をまだ彼らに認めてもらえていない。形ばかり敬ってはくれるが、有り体に言って、侮られている」

『そんな、どうして……』

「先代である父が亡くなった時、私はまだ十五歳の子供だった。学生の身分では仕事の相手にも軽く見られるから、依頼人と会う時は代わりの者を立てていた時期もある。御蔵たちにとっては、未だにそのくらいの若造に見えるんだろうな。力も足りていないと思われているだろう」

東吾を侮っていると聞かされ、理也は御蔵たちにほのかな怒りを覚えた。不遜《ふそん》だと感じる。思い上がっていると。

「こら、そう毛を逆立てるものじゃない」

笑いを含んだ声で、東吾が理也の背中を叩いた。理也の憤りを感じ取ったらしい。

「周りの者たちがそう思うのは当然だ。特に老人たちは、稀代《きだい》の力の持ち主だと言われていた私の祖父を知っている。まあそのうちに、認めてもらえるよう、励むとするさ」

『俺も、お力になりたいです。手伝わせてください』

心から、理也は東吾にそう訴えた。

東吾は微笑んでくれたが、そこにはまた淡い悲しさが浮かんでいるようで、理也はにわかに不安を覚える。

「そうしてくれると助かる。狐あってこその竹葉家だ」

狐、とひとくくりにされたことは、理也にとっては不満だった。東吾にとって自分は他の狐と同じだけの存在なのか。

（それでも、充分だと思わなくちゃいけないのかもしれないけど。でも……）

東吾の特別でありたいと願うのは、贅沢なことだろうか。それこそ思い上がった、恥ずかしいことなのかもしれない。理也は相手に伝わってしまわないよう、急いでそんな気持ちを胸の奥の方に押し隠した。

『兆候とか、顕現って、何ですか？』

代わりに、そう訊ねる。さっき男たちが口にした言葉が、理也の頭に引っかかっていた。

『それが「ない」から、俺は、ここで修行をしているんですよね』

東吾の手は理也の背や尻尾の方を撫でている。尻尾の辺りを撫でられると、何だ少しむずむずしたが、気持ちよくて、理也はされるに任せる。

「里の狐といえど、子供の頃は普通の狐とほぼ変わらない。体が大人になり始める頃、今の理也くらいの年頃になると、不思議な力が使えるようになる。力は狐によって様々だ。人には見えぬものを見ることができたり、遠くの音を聞けたり、機械に影響を与えることができたり、人の目や記憶を弄《いじ》ることができたり――人の心を乱すことができたり」

何か、理也はぞくりと、うそ寒いものを感じた。

人の記憶や心に触れることができるなんて、それは、もしかするととても怖ろしい力なのかもしれない。

「ただの人間にはただの狐に見えるだろうが、狐同士や狐使いにはそれが力を持ち始めたかどうかがわかる。力を持つ兆候が出た狐がそれなりの年齢になれば、契約の儀式をする。そうすると、狐の体に徴《しるし》が現れる。これを顕現と呼ぶ。狐の姿の時は体毛に隠れてよく見えはしないが、人の身の時ははっきりと見える。竹葉家と繋がりのできた狐には、花のような痣が体のどこかに浮いて出るんだ。家と繋がりが深いほど、特に当主である私と結びつきが深いほど、より鮮やかな色が出てくるんだが……」

　理也は火野のことを思い出した。彼の腕には花のような鮮やかな痣があった。あれが、竹葉家の狐であるという徴なのだ。

　彼も何か特別な力を持つ狐で、それを竹葉のため、東吾のために使えるのだ。

（いいな……）

　だが理也には、まだそれがない。そもそも、兆候がないと誰かが言っていた。東吾たちの前で裸に剝かれて確かめられたのに、痣も、力が使える兆候すら現れなかったのだ。

『どうやったら、俺にも、その徴がいただけるんですか』

　焦燥する気持ちで理也は東吾に問うた。

　切望、と言ってよかったかもしれない。

（東吾さまのものになりたい）

最初から、自分はそのためだけの生き物に思えるのに。東吾の助けになれる証がまだ自分の身に現れていないなんて、信じがたいし、許しがたかった。

「……狐には、名をつける」

焦る理也をまた宥めるように、東吾の掌が少し調子をつけて背中を叩く。

『火野、という狐に会いました。火野さんの名前も、東吾さまが……？』

「火野や水野の兄弟の名をつけたのは、私ではなく私の姉だ」

『東吾さまに、お姉さんがいたんですか』

「……もう、亡くなってしまった。強い力を行使するということは、それだけの危険に向き合うということだ。竹葉の人間は、傍流も含め大勢生まれるが大勢死ぬ。狐も」

悲しみを孕《はら》んだ声で呟く東吾の掌に、理也は目一杯自分の頭を押しつけた。東吾がくすぐったそうな笑い声を零す。

「特別な力を持つ狐は、特別な力を持つ人間に名を与えられることで、よりその強さを増す。名を与え、受け入れ、絆《きずな》を結ぶことでお互いできることが増える。ただ、そうすると狐は名を与えた者以外の命令を聞くことはできない。竹葉の血を引く者の命令に従うよう縛っておけば、命名した人間以外の言葉にもいくらか従うようになるし、火野や水野は私が改めて名に文字を当て直したから、誰より私の命令を優先するようになっている」

『名前をください。俺にも、名をください』

必死に、理也は東吾に訴えた。縋《すが》るような理也の視線を受けて、東吾が微笑む。

「……理夜、と字を与えたのは私だ。おまえを拾った時に」

『でも……じゃあ、どうして、俺には、東吾さまのものだっていう徴が出ないんでしょうか……』

「個体差というものがある。理也は力が現れ辛いようだ。前にも言ったとおり、おまえは私が拾った時には死にかけていて、生き延びたのが奇蹟だと思えるくらい弱っていたから、命を繋ぐことで精一杯だったんだろう」

『俺は、東吾さまのものになりたいです。東吾さまのものにしてください』

人の身であれば、理也はまた声を上げて泣きじゃくっていただろう。今はきゅうきゅうと情けない音が喉から漏れるばかりだ。

「……焦らなくていい。私は理也に徴が現れなくても、おまえを決して手放す気はない」

そう言い切ってくれた東吾に、理也が喜びを感じたのはわずかの間だけだった。

気づいてしまったのだ。東吾が本心からそう告げてくれたとしても、今のままの自分が東吾のそばに居続けるのは難しいのだと。でなければ、こうして他の人の目を盗むように東吾と触れ合わなければいけない理由がない。きっと自分がそばにいることは、東吾の立場を悪くすることなのだ。

「ひどいことをしているのはわかっているんだ」

東吾が理也の狐の体を正面から抱え直し、ぎゅっと抱き締めてくれた。理也はそうされるまま、東吾の胸にぺたりと喉を押しつける。

「おまえを弱らせ、思考を奪い、飢餓を与えて、本能が力を喚《よ》び出すよう仕向けている。その力を無条件の忠誠の許で使わせるために。まるで奴隷の扱いだ。私はおまえにそんなことをさせたくはない」

忠信なら、こんなにも東吾に対して抱いているのに。

なぜそれが形になって表れてくれないのか、理也は悲しくて仕方がなかった。

『俺は、東吾さまのものです。本当に、そうです。他にありません。信じてください』

「わかっている。だがおまえは、人の身になる時に、狐の意識を保っていられない。狐が人の姿を取り続けるのは、大変なことだ。――それでもおまえは上手に人に化ける。だからこそ三枝の家で暮らしてもらっている。日頃は里にいて用のある時のみ外に連れ出される狐だけではなく、最初から人の世に紛れ込む狐も竹葉には必要だ。そう言って、他の者たちには、理也を屋敷から出すことを納得させている」

『でも俺は、東吾さまのそばにいたいです』

理也は頑固に言い張った。

『人になっても、今の話を、東吾さまに拾っていただいたことを、忘れたくないです。覚えていたいです。どうしたらそうできますか』

人の姿を取れば、また何もわからなくなってしまう。わからないことに疑問すら抱けずにいるかもしれない。東吾に対する思慕の念は抱いたまま、それをどうにもできず——東吾と二人きりでいられる時間はほんのわずかで、人前では竹葉の当主としての態度を貫かれ、あの無感動な目で見られるばかりの子供に戻ってしまう。

理也には耐えられない。

「……私の力を、少し、分けてあげよう」

理也を抱き締めたまま東吾が言う。理也は小さく首を傾げた。

『でも、力を分けてもらえるのは、顕現してからじゃ……？』

「目を閉じて」

理也の問いには答えずに東吾が続けた。理也はそれ以上は問わず、おとなしく目を閉じる。

何か柔らかいものが、理也の鼻面に当たった。

温かい。

「私のことだけを考えていなさい」

命じられなくても、理也ははなから東吾のことしか考えられない。

鼻から、牙を持つ口許の方へ、柔らかいものが移動する。

それが東吾の唇だと気づいて、理也は全身が熱くなった。頭の中も、焼けたような熱が宿る。

(気持ちいい――)

触れ合ったところから、強い、濃い、でも優しいものが流れ込んでくる感じがした。感情と力のうねり。理也はそれがもっと欲しくて、請うように口を開き、舌を差し出す。もっと、と心が思うままに、それを熱心に吸い込んで、舐め取って、呑み込んだ。

東吾から与えられるものを夢中で貪っているうち、何だか変だな、と気づいた。

感触が、さっきまでと変わっている。

東吾の唇に触れるところが、広くなっている。

思わず東吾の言いつけに背《そむ》いてうっすら目を開けて、理也はぎょっとした。

いつの間にか、人の姿になっていた。

何も身にまとわず、裸の肌を剥き出しにして、東吾に縋るように接吻《くちづ》けをねだる格好になっていた。唾液が口の端から伝って顎まで垂れている。どれだけ夢中になっていたのか。これまでは狐の姿から人の身になる時、一度意識が途切れて、目が覚めた時には狐だった時のことを忘れてしまっていたのに。

だからまさか自然と自分が人の姿になっているなんて思わなくて、理也は、本当に驚いた。これが、東吾の力なのだろうか。

「ごっ、ごめんなさい……！」

とにかく理也はあますところなく真っ赤になって、全身から火を噴くような思いで東吾から離れて飛びすさった。

そうすると、体が東吾の目前に晒される羽目になる。それにも気づいて、理也は身を縮めてその場に蹲《うずくま》った。

(恥ずかしい……こんな、体を)

貧相な、と老人や男たちに言われたことを思い出し、みじめな気分が蘇ってくる。

おまけに何だか耳と腰の辺りがむずむずするので、こわごわと触ってみれば、人の肌ではないものが掌に触れるのでぎょっとした。まだ完全に人の姿に戻ったわけではないらしい。耳と尻尾だけが、狐のまま残っている。

「……見ないでください、東吾さま……」

消え入りそうな声で、喘ぐように理也は言う。どこまでひどい姿だろうかと、もう泣くのを我慢できなくなった。人にもなれないし狐にもなれない。中途半端な姿を、よりにもよって東吾の前で曝《さら》け出している。東吾に呆れられたら、嫌われたらどうしようと、理也は必死になって両手で頭を抱え、耳を隠そうとした。

「理也」

結局堪えきれずに泣き出してしまった理也に、東吾の柔らかい声が掛かった。理也は恥ずかしくて顔が上げられないまま床に蹲る。

（ああでも、これじゃ、尻尾が丸出しだ）

しゃくりあげていると、ふわりと、背中に布が当たる感触がした。

「理也、顔を上げなさい」

涙でぐしゃぐしゃになった顔だって東吾には見せたくなかったのに、優しく促されると、理也にはどうしても逆らえなかった。啜り上げながら顔を上げる。東吾が着物の袖で濡れた顔を拭ってくれるので、理也は慌てた。

「汚れます」

東吾は理也の言葉を無視して顔中を拭うと、今度は指先で目許からこめかみを撫でてくる。それから理也が死に物狂いで隠そうとしている耳にも触れた。

「私には隠さなくていい。理也がどうしても嫌なら、無理に見ようとは思わないが。そんなに強く握っていたんじゃ、痛いだろう」

「……」

指でつつかれて、理也は頑なに耳を握り締めていた手をそっと緩めた。ぎゅっと握り続けたのと悲しいせいで下を向いている理也の耳を、東吾が掌で優しく撫でて、唇でも毛並みを揃《そろ》えるように触れられた。そうされると、体の底からぞくぞくと妙な震えが湧き出してきて、理也はその震えを味わうように目を閉じる。

さっき東吾が理也の体に掛けてくれたのは、彼の羽織だった。そこからはみ出した尻尾が勝手に左右に振れる。耳をそっと撫でられ、気持ちいいのを隠しようがなかった。

「どんな姿でも理也は理也だ。私には、全部同じように可愛らしく見える」

東吾が耳許で囁いた。さっきまでとは違う理由で、理也は少し俯いて赤くなった。悲しいのも惨めだった気分もあっさりと吹き飛んで、喜びばかりが胸の奥から湧いてくる。

「本当ですか……?」

「理也が悲しがって一生懸命隠そうとしているのだから、それを可愛いなどと言ったら悪いかもしれないが」

「……」

理也は俯いたまま大きく首を振った。東吾に呆れられて嫌われたのでなければ、嬉しいだけだ。

「だがこの姿では他の者の前には出られないな。もう少し、私の力を分けるから。理也は自分が人であることを、その姿を強く意識しなさい」

「はい」

頷き、理也は目を閉じて言われるまま、自分は人間だと意識的に考えた。さっきはちゃんとこれをやらなかったから中途半端な姿になっているのだろうか——とうっすら考えていると、唇に暖かいものが触れる。東吾の唇。

その唇に柔らかく唇を食まれ、潜り込んでくる舌の感触や、そこから体の中へと染みこんでくるじんわりした熱いものに気を取られてしまうと、自分が「人である」ということを考え続けることも、理也には難しくなった。東吾の舌に口中を探られるのが、とてつもなく心地よくて、陶酔感にばかり浸ってしまう。

「……ん……」

勝手に漏れる自分の声がどこか甘いことに、余計酔っ払ったような気分を味わう。東吾と触れ合ったところから融けてしまいそうで、本当にそうなってしまえばいいと、頭の片

い。

隅で願う。

しばらくまた夢中で東吾から与えられるものを味わった。貪った、と言う方が近いくら

やがて東吾が自分から離れていった時は、寂しくて仕方がなかった。

「――本当は、他の者に理也の体を調べさせるのは嫌なんだ」

東吾にぐったりと身を預けた理也の耳に、そんな呟きが届く。東吾に撫でられる耳は、もう人のものに戻っている感じがする。尻尾も、こんなに気持ちいいのに勝手に振れることがないから、姿を消したのだろう。

「理也が苦しがっている姿を見たくもない。できるのであれば、あんな無体はさせずに、ただ私の手許に大切に置いておきたい」

羽織の上から東吾に抱き締められた。

「だが当主は特別な狐を作ってはいけない。平等に扱わなくてはいけない。特別な想いで、特別な力を与えてしまうと、家に不幸が訪れるから」

「不幸……？」

陶然としていた理也は、その言葉に、少し正気に返った。不安な心地になって、東吾の顔を見上げる。東吾が頷いた。

「だから他の者は、私が理也を可愛がることにいい顔をしないんだ。私は煙たがられても痛くも痒《かゆ》くもないが、私の目の届かないところで理也が辛く当たられていたらと思うと、私も辛い。私の今の立場では、おまえが『修行』をしなくてはならないのを夏の間だけに留めておくことで精一杯だ」

「平気です。俺は、全然平気です。東吾さまが近くにいないことの方が辛いです」

心から、理也は東吾に告げる。三枝の家に預けられているのも、夏の間だけ屋敷に呼ばれるのも、東吾の意向だと、それが理也のためを思ってのことだとわかったが——そのために、夏しか東吾に会えないことが、少し恨めしかった。

(でもそれは、俺がまだ顕現しないからで)

理也の中で焦りが募る。

こんなにも東吾に尽くしたいと願っているのに、なぜその証《あかし》が出てくれないのだろうと、何より自分を恨みに思った。

「でも、おまえにはひどいことなのだろうが、おまえに顕現がないことを喜ぶ私もいるんだ」

「え……」

少し、心外なことを聞いた気がして、理也は戸惑った。東吾は強い力で理也を抱き締め、痛いくらいだった。

「この家の中で、世界中どこを見渡しても、顕現もなく私を想ってくれる者はおまえだけだ。家の誰に形ばかりの敬意を払われても、力ずくで縛りつけている狐たちに忠義を尽くされても、本当は虚しいばかりだ」

「……東吾さま……」

東吾の心が、抱き締められた体に伝わってくる。寂しさと虚しさ。この人は、きっと、竹葉の人間であることを、その当主であることを望んだわけではないのだ。

それがわかって、理也は泣きたくなった。

「……早く大人になってくれ、理也」

痛切な響きを持つ響きで、東吾が呟くのが聞こえる。

「はい」

どうすればいいのかはわからないまま、理也はただ心に従って頷いた。

「今の気持ちのままで、東吾さまに尽くします。俺がもし狐じゃなかったとしても、俺は、東吾さまのことが大切で、大好きです」

「……」

ぎゅっと、もう一度力強く理也を抱き締めてから、東吾がその腕を緩める。きつく抱かれる痛みから解放されて、理也は安堵するよりも物足りなさを覚えてしまった。

だがその気持ちは、身を屈めた東吾がまた唇と唇を触れ合わせてくれたおかげで、簡単に霧散する。

触れたところから熱が染み込み、理也はすぐにまた陶酔した。触れるだけなのにこんなに気持ちいい。頭がどうにかなりそうなくらい。

「……理也が私を想ってくれる心を疑ったことはない。夏の間、苦労を強いるだろうが、耐えてくれ」

「はい。全然、平気です」

東吾の唇が離れていくことがまた寂しく物足りなかったが、今度は言葉を与えられて、理也は笑って頷くことができた。

でもまた少し悲しそうな顔で東吾が笑うのが、理也の気懸かりになる。その表情の理由を訊ねたかったが、そうしてはいけない気がして躊躇しているうちに、東吾が立ち上がり、一度部屋を出てすぐに理也の新しい着物を持ってきてくれた。理也は急いでそれを身につける。そういえば裸だった、と思い出したらまた顔から火が出そうな心地になった。

きちんと帯を結び、落ち着いてから、理也はふと思い出して向かいに座る東吾を見遣った。

「もうひとつ、教えていただきたいことがあったんです」

「うん？」

「『混じりもの』って、何ですか？」

恥ずかしがりながら慌てて着物を着る理也を笑って見守っていた東吾の顔が、ふと、曇った。

――これも、聞いてはいけないことだったのかもしれない。

証拠に、東吾は何も言わず、その場から立ち上がった。

「私はそろそろ行かなくてはならない。おまえも、戻りなさい」

「……はい」

理也は重ねて訊ねることはできず、おとなしく頷くと、東吾の言いつけに従った。

◇◇◇

だがこの夏も結局、理也の体に徴が現れることはなかった。

顕現のないまま八月の終盤を迎え、もう一度東吾や他の者の前で服を脱ぎ、煙で燻され、呪文のようなものを聞かされたが、やはり前と同じくただただ気分が悪くなるばかりで、理也の体に変化はなかった。

今度は前よりも辛かった。東吾の前で貧相な体を晒すことも、他の人に同じようにそれを見られることも――何より、自分が東吾の狐として認められなかったということが、辛くて、悲しくて、情けなくて、また床でのたうち回りながら泣かずにはいられなかった。

その日の夜も東吾に呼ばれ、理也は他の人たちの目を盗んで彼の部屋に向かった。

東吾は落ち込む理也をまた抱き締めてくれて、理也は心身共に疲れたせいか東吾の膝の上で狐の姿になってしまった。

『もっと、何か狐の力が生まれるような訓練とかをした方が、よかったんでしょうか……』

この夏の間に理也にできるようになったのは、狐の姿でも人の姿でもちゃんと三枝理也としての心を保っていられること、狐の姿のままでも東吾と話せるようになったことだけだ。

「狐は大抵、自然とそれがわかる。自分がどんな力を持ち、それをどう使うべきなのか」

狐の理也の頭を撫でながら言う東吾の声は優しかったが、どこか落胆が滲んでいるようで、理也はまた情けない心地になった。

『俺、東吾さまの役に立ちたいのに』

自分の耳がへたりと下がってしまうのがわかった。せっかく東吾に撫でてもらっているのに、落胆が強くて、その心地よさを堪能《たんのう》できないことが、残念で仕方がない。

『……もう、帰らなくちゃいけないなんて』

理也は明日には三枝の家に戻らなくてはならない。東吾も、しばらく仕事先と行き来していたこの屋敷を離れ、街にある家へ戻ることになると言った。

また次の夏まで、理也は東吾と会えなくなるのだ。

「三枝の、おまえの養父母によく申し渡してある。離れている時でも、力の現れる兆候があればすぐに私のところに報せが来る。そうすれば、理也を私のものにするから」

東吾に抱き上げられ、理也はその肩に前肢と頭を乗せた。東吾の首へと狐の頭を擦りつける。東吾も同じように理也の方に頬を寄せた。

「ずっと、私のことを考えていなさい。私も、いつでも理也を想っている」

理也は悲しいような、なのにどこか甘えているような声を小さく漏らしながら、必死に東吾の体に縋った。

だがずっとそうしているわけにもいかず、東吾の力を借りて、理也は人の姿に戻った。狐の姿になる時は、気持ちか体がひどく疲れてしまった時のようだ。

東吾から何か温かい力、多分生命力のようなものを分けてもらうと、人の姿になれる。これも、他の狐は自分一人でできることなのだと聞いて、理也はまた落ち込んだ。

「理也ばかりのせいじゃない」

　着物を着直して項垂れる理也に、東吾が苦笑した。

「たとえ狐が人に使役されることを嫌がり、拒もうとしても、無理矢理に徴を顕現させる――その人間が主《あるじ》で、狐はそれに従う立場だと、狐の意志を無視して関係を作ることもできる。大抵はそうやって力尽くで狐を縛るのが、竹葉のやり方だ」

「なら、俺にもそうしてください」

「もうやろうとしているんだ。何度も」

　顔を上げた理也を見返して、東吾が言う。

「さっきも試しただろう。ああして狐を追い詰めて、人に使われないために隠そうとしている力をあぶり出して、竹葉のものであるという徴を強引に刻む。狐の中には竹葉家や、私を恨む者も多いだろう。心の奥底では人間などに従いたくないと思っていても、どうしても命令に背くことができない。心が壊れていく狐だって、長い歴史の中で大勢いたはずだ」

　自分はこんなにも東吾に従うことを望んでいるのに。そんな狐がいるというのなら、理也は、自分と立場を替えてほしいと思った。

「竹葉家で今のところ最も力の強い私でも、そうやって理也に力ずくで徴を与えることができない。私の力が足りないのか、他に原因があるのか……」

そのことについて考え込むように呟く東吾に、理也は不安になった。やっぱり、自分のせいではないかと思って怖くなる。気持ちはこんなに東吾に向いているのに、彼の願いを叶えられない自分に、失望する。

それで項垂れていると、ぽんぽんと、軽く頭を叩かれた。

「そう思い詰めなくていい。何かを切っ掛けに力が発露することもあるだろう。それを待ちなさい」

理也は思わず東吾の体に縋った。甘えて擦り寄る理也を、東吾が当たり前に抱き締めてくれたから、理也は不安で泣き出すようなみっともない真似をせずにすんだ。

――そしてその翌日、理也は後ろ髪を引かれる思いで、来た時と同じ小さな鞄を肩にかけ、三週間ほど滞在した竹葉家をあとにした。

裏門から出て、山を下りるための道を探して竹垣伝いに表門の方まで回る途中、誰かの気配がした。振り返ると、久しぶりに見る火野の姿があった。

「マサヤ」

その名を呼ばれるのもしばらくぶりで、理也は何だか新鮮な心地になる。東吾といればリヤと呼ばれるし、一番多く顔を合わせていた御蔵や他の男たちは、そもそも理也を名前で呼ばない。

何より火野の方から声をかけてくるとは思っていなかったから、驚きもした。いいんだろうか、と気懸かりで、理也は辺りを見回す。火野は、自分と接触することを周りから止められていたのではないのだろうか。

「こっそり来たんだ。大丈夫だって」

理也の心配を察したように、火野が言った。出会ってすぐの時と同じような、明るい声と口調だった。

「ごめんな、前、あんな態度取って」

理也はただ首を横に振る。理也にはわからないが、火野にはそうするだけの理由があったのだろう。寂しかったが仕方がない。それに、こうして彼から声をかけてくれたのだから、もういいのだ。

「……おまえ、優しいな」

やはり理也の気持ちを感じ取った様子で、火野が苦笑する。東吾にも考えていることを読み取られているようだったが、火野とはもっと深いところで通じている気がした。

（狐同士……だから?）

理也にも、火野が悔いていることがわかった。

「おまえが自分のこと、本当に何も知らないんだってことも教えてもらったんだ。仲間はそれでもやっぱりおまえに近づくなって言うけど……何か、寂しいだろ、そういうの。オレら、いつ死んじまうかわかんないような身の上なのにさ」

死んじまう、という言葉すら火野は明るく言う。狐として、竹葉家の者に使われる身としての運命を躊躇《ためらい》なく受け入れて。

(……いいな)

兄弟を亡くしてしまったばかりらしい彼にそんなことを思うのは、失礼で、不謹慎なことなのかもしれない。

でも理也はそう思ってしまった。火野や彼の仲間たちは、すでに東吾との繋がりを手に入れ、彼の役に立つため、何らかの働きをしている。

なのに自分ときたら、それがどういうことなのか、彼らが何をしているのか、まるでぴんとこないままなのだ。

「会えてよかったよ。おまえの毛並み、すげぇ綺麗だったな。真っ白で、雪みたいで」

だが火野に褒められ、会えてよかったと言われて、理也はとても嬉しかった。

「俺も、仲間がいるってわかって、嬉しかったです」

「……そっか……」

「はい。また来年の夏にも会えるって、楽しみにしてます」

「……おまえ、やっぱり本当に、何にも知らないんだな」

「え？」

「狐ってことまでは思い出したみたいなのにさ」

どういう意味か、理也が問い返そうとして口を開いた時、つむじ風が吹いた。強く枯葉や砂粒が吹きつけ、咄嗟に目を瞑った理也が再び瞼を開いた時、さっきまで火野がいたはずの場所には風の名残が残るだけだった。

はらりと枯葉が地面に落ちる。

これが狐の力なんだと、誰に説明されなくても理也は理解した。文字どおり風のように、火野の姿はどこかにかき消えてしまった。

（どういう意味だったんだろう）

たしかに理也にはまだまだ知らないこと、わからないことが山積みだ。

それでも自分が狐であると自覚したまま、人間としての形と、はっきりとした自我を保てるようになっただけで、大進歩だと思いたい。

（東吾さまのことを覚えてる）

今までは人の身になれば忘れてしまったことを覚えている。覚えているはずだ。ずっとぼんやり過ごしてきたのに、景色も、夏の暑い日射しもどこか他人事のようで、色のない写真のように感じていたのに、今は何もかも色鮮やかだ。

東吾に対して募る思慕の念も、東吾の声も、顔も、姿も、匂いも、抱き締めてくれる時の腕の強さも、撫でてくれる時の指の優しさも。

これからは休みなく東吾のことを想い続けて、一刻も早く彼の役に立てるようになろう。

そう決意しながら竹垣のそばを歩き続け、表門の前を抜ける。このまま山道を下っていって行けばバスの停留所がある。バスに乗ってしまえばもう三枝の家に帰るしかない。

急ぐ気も起きずにのろのろと歩き続けていた理也は、ふと、東吾の気配を感じて無意識に足を止め、振り返った。

門の前に東吾が立っている。理也の方を見ていた。だがそばには御蔵たちがいて、東吾は理也に声をかけることもなく、すぐに視線を逸らして屋敷の方へ戻っていってしまった。

理也は寂しい気持ちと、最後に東吾が姿を見せてくれた喜びが混じり合って、声を上げて泣きたい気分になった。

でも泣いてしまっては東吾を心配させるだけだと我慢して、東吾と過ごしたこの夏の時間を反芻《はんすう》しながら、再び歩き出した。

5

八月最後の週を三枝の家で何ごともなく過ごし、九月になると学校は新学期に入った。家でも学校でも、夏の前よりも意識というか、気分がはっきりしている。これまではうっすらした靄や膜のようなものが自分を覆っていた感じだったのに、それが消え失せて、生々しくなった。

そのせいなのか、教室でも、部活でも、周りの生徒から声をかけられることが増えた気がする。

これまでごく自然と存在を無視されていたのに、些細《ささい》なこと、たとえば教科書を貸してほしいとか、同じクラスの誰某を呼んでほしいとかの用事を頼まれるようになったのだ。親しいと言えるほどの相手ができたわけではないのだが、目が合えば挨拶を交わす人が何人かできたのは、少し嬉しかった。

だがいつでも理也の心には東吾がいる。誰といても、『東吾さまはどうしているだろう』と考えてしまうし、『東吾さまならこういう時に何と言うだろう』と想像してしまう。

そして結局うわの空だ。

（東吾さまは、近くにいるような気がする……）

竹葉の屋敷を出れば、東吾と離ればなれになってひどく寂しくなると覚悟をしていたのだが、思いがけずその気配を近くに感じることができた。

東吾も日頃は屋敷ではなく、街で暮らしていると言っていた。もしかすると、学校や三枝の家からそう遠くはない場所に、彼の自宅や仕事場があるのかもしれない。そう考えると余計に気持ちがふわふわしてくる。

「三枝は、ぼんやりしてるなあ」

東吾のことを考えている時に人に声をかけられると、本当にぼうっとしてしまっていて、相手に笑われた。軽くからかわれるくらいで、概《おおむ》ねは好意的に受け入れてもらえるのは、運がいいのかもしれない。

「そんなんで走ってて、こけるなよ」

陸上部の同級生とも前よりずっと言葉を交わすようになった。放っておけばグラウンドをぐるぐると何周も走り続ける理也の姿は、前は空気のように目立たなかったはずなのに、今は他の部の生徒にまで「いつも走ってるやつか」と好奇心に満ちた目で呼び止められるくらいだった。

「大丈夫だよ」

今日も練習の終わるぎりぎりの時間に同級生たちに声をかけられて、やっと自分が練習メニューの何倍もの距離を走り続けていたことに気づいた。もういいんじゃないかと何度か呼びかけられていたようなのに、まったく気づけなかったことが恥ずかしくて、理也は赤らみながらタオルで汗だくの顔を拭いた。

「てか、おまえ思ったより体力あるなあ。前ってそんな走れてたっけ？」

同級生たちと話すうち、理也は自分の印象が彼らの中にまるで残っていないことを察した。三枝理也という生徒がいたことは把握していても、それがどんな顔で、どんな性格だったかはっきりと覚えていないらしい。そしてそのことに関してさして違和感を覚えている様子もなく、普通に理也と接している。

(狐の中には、気配を消して回りの人に気づかれないような力を持つのもいるって、東吾さまが話してくれたけど)

自分にもその力があったのだろうか。それとも単に、これまであまりにぼんやりしすぎて、印象が薄すぎただけなのだろうか。

前者だったらいいな、と思う。少しでも、狐としての力が現れていたのだったら。

「夏休み、たしか三枝、練習出てなかったよな。大会も……あれ……うん、いなかったよな……？」

練習を終え、後片付けをしながら、同級生たちがこぞって首を捻っている。

「ちょっと、事情があって、親戚の家に行ってたから。そこで一応、ええと、自主トレみたいなのをやってたから、少しは体力がついたのかも」

理也は誤魔化すように言った。あまり追及されない方がいい気がする。

竹葉家で雑用や剣道の稽古をこなすうち、少しずつ体力がついていったのは本当だ。力仕事もいくらかあったし、御蔵にあっちこっち呼び付けられて走り回った。剣道は相変わらずよくわからないままに、竹刀を握る力と、逃げ足くらいは早くなった。

意志がはっきりしたおかげで体力もついたのか、体力がついたから意志もはっきりしたのか、その両方か。

「おい、何ダラダラやってんだ」

とんぼでグラウンドを均《なら》していた理也の背中を、荒っぽく押す手があった。不意打ちでよろめいた理也を、そばにいた同級生が慌てて支えてくれる。

「べちゃべちゃくっちゃべってんじゃねえよ、女じゃあるまいし」

振り返ると、上級生が理也を睨んでいた。前々から何かと理也に対して当たりの強い二年生の先輩だ。すみません、と理也は周りの同級生と一緒になって謝罪した。先輩は舌打ちをして去っていく。

「やべえ、こええ」

同級生たちが首を竦めていた。

「岡本《おかもと》先輩、こえーよな。何か三枝、あの人に目ェつけられてねえ？　大丈夫か？」

理也の気のせいではなく、やはりあの先輩、岡本は、傍目《はため》からでも理也にだけ特別当たりがきついらしい。二学期に入ってから、叱られたり、叩かれたりすることがさらに増えた気がする。

（何か気に障ることをやっちゃったのかな……）

前よりも理也の存在が癇《かん》に障るようになっているふうに見えた。そもそも人と関わってこなかったので理也自身に心当たりはないが、無意識に失礼なことでもしてしまったのかもしれない。

これまではそれもやはり他人事のようだったので気に留めていなかったが、同級生たちには心配されるし、押された背中は結構痛いしで、今の理也には「なぜこんなことをされるのだろう」と気懸かりになってきた。

後片付けやグラウンド整備を終えて部室に戻ると、すでに上級生たちは下校して一年生しか残っていない。理也も帰り支度を始めようと自分のロッカーを開いたところで、そこにあるはずの制服がないことに気づいて、驚いた。

「え？　三枝の制服？」

周りに訊ねるが、誰も心当たりはないというし、一緒に探してくれたが、他の誰かが間違って着てしまったということもないようだった。

「あー……俺、練習の途中で今日が提出期限のノートのこと忘れてて、慌てて部室に取りに来たんだけどさ」

同級生の一人が、言い辛そうに口を開いた。

「誰もいないと思っていきなりドア開けたら、岡本先輩がいて、ちゃんと挨拶しろってすげぇ怒られて……その時あの人、こっちの一年用のロッカーのとこにいたかもしれない」

理也を囲む一年生たちの間に、何となく気まずい空気が流れた。

「……マジか。そこまでやるか」

「どうする、先生に言った方がよくねえ？」

「や、でももしかしたら気のせいかもしれないし、間違ってたり先輩がしらばっくれたら、三枝もっといびられちゃうかもしれないだろ」

「つったって、制服なかったらこいつ困るじゃん、なあ？」

理也はたしかに困惑して、頷いた。制服は三枝の両親が買ってくれたものだが、その金はもしかしたら竹葉家が——東吾が出してくれているものかもしれないと思いつくと、東吾に申し訳なくて、泣きたくなってくる。

「あああ、泣くなよ、一応先生に言いに行こうぜ。岡本先輩のことは置いといて、言った方がいいと思うし」

同級生たちに促され、理也は彼らと共に教官室に向かい、顧問の教師に報告に行った。教師はまじめに話を聞いてくれて、誰かが間違ったのかもしれないから、全部員に確認すると約束してくれた。

「きっと何かの手違いだと思うが……もし変なことがあったら、ちゃんと相談しろよ」

教官室を去ろうとした時、教師が理也だけにそっとそう耳打ちした。

一学期の頃は、覇気もなく言われたメニューをこなすだけの理也をどちらかというと持て余していた様子だった教師は、同級生たち同様にとても親身になってくれている。

「三枝は最近頑張ってるからな。問題があれば手を貸してやるから、落ち込まないで、ちゃんと部活に来るんだぞ」

そう言って、教師がいささか荒っぽく理也の頭をぽんぽんと叩いた。理也は強面《こわもて》の教師のそんな仕種に驚いて、恐縮しながらお礼を言うと、教官室をあとにした。

(びっくりした……)

思い返せば、三枝の両親に頭を撫でられたことはない。学校の教師たちにも、他の誰にも、そんなふうにしてもらったことはない。

あるのはただ、東吾だけだ。

東吾だけが何度も理也の頭を優しく撫でて、宥めるように叩いて、それが理也にはとても心地よかった。

——だが教師に触れられた時、理也の体は少し竦み、心も怯んでしまう。

夏の間、東吾にそうされたことばかりを思い返して、恋しくて、泣きたくなってしまう。

「おーい、あんま落ち込むなって」

部室に戻る間、同級生が理也のそんな様子を制服がなくなってしまったせいだと思ったらしく、慰めてきた。

「今日は俺らもジャージで帰ってやるよ、一人でバスに乗って学ジャーだと結構恥ずかしいだろ」

「そうそう、そんで、みつかるまでは冬用のズボンで来いよ。シャツとネクタイは替えあるだろ」

「そうだ、うち兄ちゃんが卒業生だからベスト余分にあるんだよ、明日持ってきてやるから」

同級生たちは口々に理也を元気づけてくれる。理也は彼らに言われたとおり、その日はジャージのまま家に帰った。理也はバスで十五分ほどの通学路だが、徒歩や電車通学の同級生まで、バスに付き合ってくれた。

みんながあまりに親切なので理也は正直戸惑ってしまったが、普通の人間同士はこういう感じなのかもしれないと、納得した。友達らしい友達もいなかったから、周りとの距離感がわからなかったが、皆こうして助け合って過ごすものなのだろう。火野たちも仲間同士寄り添って過ごしていたのを思い出す。

数日経っても、理也の制服は結局みつからなかった。

誰かが持ち去ったという証拠もなく、理也は大事《おおごと》にして犯人捜しなどが始まるのも望まなかったので、そのまま有耶無耶のうちに終わった。部の顧問教師から連絡を受けた養父母は、理也が話す前に新しい制服を用意してくれた。

「ごめんなさい、なくしてしまって……」

余分な手間と金銭がかかってしまったことが申し訳なくて理也が言うと、制服を渡しながら、養母が気にしないようにと理也を慰めた。

「お館様から、すぐに支度するよう言われましたから」

不意に養母の口から東吾の名が出てきたことに、理也はひどく面喰らった。

戸惑う理也に、養母が微かに笑って頷いた。

「理也さんの暮らしには、どんなことでも不自由もさせないようお館様から言いつかってます。何でも、気づいたことがあったら言ってくださいね」

養父母も、東吾から、理也が狐としての自覚に目覚めたことを伝えられているのだろう。東吾から彼らによく申し渡しておくと言ってくれてはいたが、三枝の家の中でそんな話題が出たのは、初めてだ。

「あの……お母さんも、狐を使う人なんですか。それとも……」

だから思い切って、理也は彼女に訊ねてみた。養父母も御蔵たちと同じく竹葉家の血筋なのだろうと見当をつけていたのだが、人の形をしているからといって、人だとは限らない。

もし同じ狐だったら嬉しい気がして口にした理也の問いに、養母が苦笑した。

「私や主人は竹葉様の傍流の出だけど、狐使いではないわ。勿論、狐でもない。狐として人に紛れて長い間暮らすことは、とても難しいものです。一時期だけ現れていつの間にかいなくなる狐はいるけど、理也さんのように何年も同じ場所に留まっていられる狐は、本当に珍しいの」

だからこそ、東吾が理也を竹葉家の外で生活をさせる口実ができたということだろうか。

(俺がちゃんと東吾さまの狐になれたら、もしかして、火野さんたちのように里で仲間と暮らすんじゃなくて、東吾さまのそばで人として一緒にいられるんじゃないか?)

そう思いついた途端、理也は舞い上がった。

（東吾さまの手伝い……秘書とか、車の運転手とか、雑用係でも、何でも、そういうのになれれば、夏の間だけ竹葉家で会うんじゃなくて、東吾さまの家や会社でも長い時間一緒に過ごせるんじゃないか？）

もしそうなれば、どれだけ幸福だろう。

理也はこれまで勉強もぼんやりとしかやってこなかったことを悔いて、その日から必死に学ぶことにした。

テストの結果や授業のプリントなどとを見返せば、どうやら暗記だけは得意のようで、それで点数の取れる教科は成績がいい。ただしそれ以外は惨憺《さんたん》たる有様だ。よく高校に入学できたなと、理也は今さら自分で呆れる心地だった。

（授業もきちんと聞いて、本をたくさん読んで、少しでも東吾さまに近づけるように頑張ろう）

そう決心すると、体の内側から、どんどん力が湧いてくる気がした。

◇◇◇

勉強ばかりでなく、部活動にも、理也はよりいっそう励むようになった。

そうすると、ますます声をかけてくれる人が増える。

不思議なことに、校内ばかりではなく、校外の生徒や通学途中の大人や子供までが自分を気に懸けるので、理也は戸惑いっぱなしだった。

「おまえ、また女子に話しかけられてただろ」

バスの中で見知らぬ女子中学生たちに背中をつつかれ、名前やメールアドレスを聞かれていたところを、乗り合わせていた他のクラスの同級生に見られていたらしい。校門を過ぎたところで出し抜けに声をかけられた。

「うん、何でだろう」

この生徒とも、数日前に何てことない用事で顔見知りになったばかりだ。

理也の通うのは男子校だったので――ということすら、理也は二学期に入ってから気づいた。女子生徒がいないことに何の疑問も抱かなかったので、ここが男子校であるという認識がなかったのだ――女の子と話し慣れていない理也は、些細なことでも賑《にぎ》やかにはしゃぎ、徒党を組んで話しかけてくる彼女たちに、少し怯みがちだった。

「何でって」

生徒は噴き出してから、理也の背中を拳で殴りつけてくる。

「そりゃ、三枝と仲よくなりたいからだろ」

「仲よく……」

やっぱり理也には当惑するしかない。見ず知らずの人と『仲よく』したいと思われる理由が思いつかなかった。

「さっきの子たち、可愛かったじゃん。断ってたみたいだけど、誰かと付き合っちゃえばよかったのに」

「そんなの、考えたこともないよ」

ぎょっとして、理也は答えた。相手はきょとんとしている。

「え、何で？」

「何でって……」

問い返されて言い淀む。友人ができることすらまだ馴染めないほどなのに、それよりも親密な相手が生まれるなんて、考えられなかった。

それ以前に、理也が東吾以外の他人に心を傾けることなんて、ありえない。

「もしかして、もう誰かと付き合ってるとか、好きなやつとかがいるのか」

東吾のことを思い出して、胸に温かさと会えない寂しさを抱く理也を見て、同級生がからかうように言った。

「――うん。大好きな人がいる」

　頷くと、大仰に驚かれる。

「マジで！　じゃあがっかりするやつ結構いるだろうなあ」

　同級生は相手がどんな人かを知りたがったが、理也は適当に言葉を濁した。さすがに、相手が年上の男の人で、自分が狐で、その人に仕えたいのだなどと言えば奇異の目で見られることくらいはわかる。

（でも、俺は、東吾さまのことが大好きだ）

　周りの人たちの言う『付き合う』とか、恋のことはよくわからなかったが、東吾を思うと嬉しくなるし、切なくなる。恋しいと思うほどに、今日の前にいて触れてもらえないことが悲しくなる。

（あと一年も待てる気がしない）

　時々、東吾の気配を辿って彼に会いに行きたくなる衝動が生まれた。それをすれば東吾を困らせる気がしたので必死に堪えていたが、常に心が彼のいる方へ引っ張られる気がして辛い。会えないことが辛い。

　早く自分に狐としての特別な力が宿るようにと願うのに、それがどんなものなのか未だにわからないことがもどかしくて仕方がなかった。火野にでも、もっと詳しく聞くべきだったと、理也は何度も悔やんだ。

◇◇◇

少しずつ焦燥するような気持ちで過ごしていたある日の放課後に、理也は週番の仕事で、部活に行くのがずいぶんと遅くなった。

また岡本先輩に叱られるだろうか、と微かに憂鬱な気分で部室に向かったら、その岡本の姿があったので、内心驚く。

「……失礼します」

遠慮がちに挨拶をして、理也はなるべく息を潜めるようにしながら自分のロッカーに向かった。岡本には無視された。他の部員たちの姿はない。練習が始まって三十分以上経っているから、全員グラウンドに出ているはずだ。

岡本は部室の中央に置かれたベンチに座って、乱雑に積んであった雑誌を眺めている。ジャージに着替えているのに、なぜかグラウンドに向かう様子がない。やる気がなくてサボっているのだろうか。気には懸かったが、声をかけるのも怖かったので、理也は黙って自分も着替えを始めた。

きっちりと締めていたネクタイを解いて、薄手のニットのベストを脱ぎ、シャツのボタンを外していく。

なるべく急いで着替えようと思っていたのに、背中の方から突き刺さってくる視線を感じて、理也は自分の指の動きが妙にぎこちなくなるのを感じた。

(見られてる……?)

おそるおそる、ロッカーの扉の内側についている鏡を見たら、ベンチに座っている岡本が、じっとこちらを見ているのがわかった。遅刻を快く思っていないのだろうかと、理也はなるべく急いでいるふうに見えるよう、鞄からシャツやジャージを引っ張り出す。

「……何慌ててんだよ」

Tシャツを着ようとした時、予想外に近いところで声が聞こえて、理也はびくりと体を震わせた。

隣のロッカーが大きな音を立てる。いつの間にか真後ろに来ていた岡本が、ロッカーの扉を殴りつけたのだ。

「すみません、すぐに、練習にいきます」

叱りつけてくる相手には、口答えせず、とにかく急いで自分のやるべきことをして見せるしかない。竹葉の屋敷で御蔵などに叱られ続けて、理也はそれを学んだ。

だが手早くシャツを頭から被ろうとしたところで、それを、岡本の手に阻まれた。腕を掴まれ、ひどく驚く。間近で睨みつけられながら、手荒く、ロッカーに体を押しつけられた。

「おまえ、夏休みの間に女でもできたか？」

指が喰い込むほど腕を掴まれ、痛みで顔を顰める理也に、岡本が低い声で訊ねる。理也は混乱しながら相手を見上げた。岡本の方が少し背が高く、体つきもしっかりしている。

「え……」

「色気づきやがって」

岡本の肌が異常なくらい汗ばんでいる。呼吸が荒く、理也を見ているのに、目の焦点が合っていない。その瞳が暗く澱《よど》んでいる気がして、理也は何かぞっとした。

「すみません、離してください」

掴まれた腕が軋《きし》むように痛む。反抗するようなことを言えば相手が逆上するだろうとわかっていたが、堪えきれず、理也は懇願した。

「何かしたのなら謝ります」

「――ふざけんな！」

岡本が恫喝《どうかつ》するように叫ぶ。足を蹴りつけられ、掴んだ腕を引かれて、理也は岡本と一緒に床にもつれ込むように倒れた。コンクリートの床にしたたか背中を打ちつけて、ぐっと息が詰まる。

「何したか聞きたいのは、こっちだよ」

痛みで涙の浮いた目で見上げると、岡本はやはり澱んだ瞳で理也を喰い入るようにみつめている。前から怖い先輩だとは思っていたが、それでも何か様子がおかしい。

「ちらちら目の前ウロついて、夢にまで出てきやがって……何なんだよおまえ……」

腕を掴んだままの手と逆の手が、理也の首にかかる。喉を絞められるのかと思ったが、その手が剝き出しの胸元に下がっていったので、理也は余計に怯んだ。乱暴に胸や脇腹を探られる。なぜそんなことをされるのか理解できない。

混乱して、逃げたいのに、体がうまく動かなかった。

(気持ち悪い)

岡本は手で荒っぽく触れるばかりでなく、理也の首筋に顔を埋め、舌を這わせてきた。その感触に全身が総毛立つ思いになる。反射的に相手の体を押し遣ろうとしたら、平手で頰を張られた。衝撃と痛みで目の前に火花が散る。さらに怯んでいる間に、ズボンのベルトに手をかけられた。

「嫌だ……!」

自分が何をされようとしているのか、それで理也はやっと気づいた。冷静に判断したわけではなく、侮辱的で、嫌悪しか感じない行為を強いられているのだと、感覚で理解する。嫌で嫌で仕方がないのに、恐怖で身が竦み、乾いた声を出すことしかできない。肌のあちこちを舐め回されて吐き気が込み上げる。ずり下ろされそうになるズボンを、死に物狂いで握って抵抗した。

「や、やめてください」

「何がだよ。おまえが誘ったんだろ」

嘲笑《あざわら》うように言われて、理也は腹が灼《や》けるような思いを味わった。そんなことをするはずがない。自分が、東吾以外に触れられることを、望むなんてあり得ない。

東吾の姿が頭に浮かぶと、触れられることへの嫌悪感が爆発的に増した。彼とはまるで違う思い遣りのかけらもない触れ方が、生温かい体液をだらしなく撒き散らす虫のような舌の感触が、自分を穢していくようで耐えられない。

「離せよ！」

相手が上級生であることなんて、もう関係なくなった。もがいて、暴れて、相手を蹴りつけて、その体の下から逃れようとする。

もう一度、今度は拳で頬を殴られた。痛みよりも怒りが理也を支配する。

東吾以外の人に、誰が屈服するものか。

そう強く思った瞬間、目の前が青く燃え上がった。

(――え)

まるで部室中が炎に包まれたように見えると同時に、凄まじい悲鳴が響いた。

「うわあああああああ!」

岡本が、自分の顔を両手で覆って、絶叫している。

「熱い……助けてくれ、熱い……!」

理也の目にはもう炎は見えない。岡本の指の隙間から見える顔は、何の変化もなかった。

大量の汗をかいているが、それだけだ。

「熱い……熱い……」

岡本の声は呻きに変わり、眼差しが虚ろになった。瞳から光が消えたようになっている。

そんな表情に、理也は覚えがあった。

(竹葉家の、狐の)

大怪我をして、魂が抜けたようにただ小屋の壁に寄りかかっていた狐と同じだ。

「ああ」

最後に大きく呻いて、岡本が再び理也に覆い被さってきた。その体は弛緩している。

「……先輩？」

理也はぎこちなく相手の体を押し遣った。岡本の頭は自分で重さを支えきれないようにだらりと下がって、呆然と見開かれた瞳には、何も映っていない。

猛烈な恐怖が理也を襲う。再びのしかかってくる岡本の体の下から、がくがくと震えながら這い出した。重たい音がして、岡本の体が横向きに床へと倒れる。瞼はぽっかりと開いていているのに、体は完全に弛緩しきっていた。先輩、ともう一度震える声で理也が呼びかけても、何の反応もない。

（――俺がやった……？）

何をしたという自覚もない。だが、岡本のこの状態が自分のせいだと、理也にははっきりとわかった。

そして、それがおそらく、狐の力であるということも。

だとすれば、決して不用意に人に知られてはならない状況だということも。

「どうしよう……東吾さま……」

呆然と、理也は座り込んだまま呟いた。無意識に自分の腕を抱き締めようとした時、その肌が岡本の唾液で濡れていることに気づいて、叫び出したくなる。

その時、ドアの向こうから人の話し声と足音が聞こえてきた。他の部員たちが近づいてきている。

「……っ！」

理也はよろめきながら立ち上がると、ロッカーから脱いだワイシャツと鞄を摑み、部室から飛び出した。

「あれ、三枝――」

誰かに名を呼ばれたが、理也は立ち止まらず、とにかくその場から逃れたくて闇雲に走った。

人に見られてしまった。彼らはすぐに部室で倒れている岡本をみつけて、逃げ出した理也との関連性に気づくだろう。三枝の家に連絡が行くだろうか。自分は何か罰されるだろうか。

(東吾さま)

どこに逃げればいいのかわからなくなった時に、理也が思い出すのはただその名前や声や姿ばかりだった。

(助けてください、東吾さま)

罪悪感や、嫌悪感や、恐怖を振り払うように東吾の名前を胸の中で呼ぶ。その人のことを想った時、今までよりもっと近くに相手の存在を感じた。

（いるんだ）

電車とバスを乗り継がなくてはならないほど遠かった竹葉家よりも、近いところに東吾がいる。そう確信して、理也は東吾の気配を全身全霊で探った。こっちだ、とあまりにも他愛なく、確信的に把握できた。神経が冴《さ》え冴《ざ》えとしていて、これまでぼんやりとしか東吾の存在を感じ取れなかったことが嘘みたいだった。

その方に向かってひた走る。走るうち、目に映る景色が凄《すさ》まじい速さで流れていくようになった。グラウンドを走っている時とはまるで違う。強烈な風が向かいから吹いているみたいだった。頭の端に、竹葉家で会った火野の姿が浮かぶ。火野はつむじ風に攫《さら》われるように姿を消した。もしかしたら、今自分も、周りからそんなふうに見えているかもしれない。

だがそのことを大して気に留める余裕もなく、理也はただ東吾に向かって走り続けた。走って、走り続けて、理也は自分がいつのまにかビルの建ち並ぶ見知らぬ街まで辿り着いていることに気づく。

足を止め、肩で息をしながら、目の前に現れた高いビルを見上げた。ビルの入口には、『竹葉建設』と社名が刻んである。ビルをまるごとひとつ持つような大きな会社に東吾がいるのだと、理也はその時初めて知った。

それから、通りすがる人たちから怪訝そうな視線を向けられて、自分がシャツを握り締めたままだったことに気づく。くしゃくしゃになったそのシャツを着てから、走り続けたせいか、気分的な問題からか、がくがくと震える足でビルの中に向かった。

建物に足を踏み入れると、東吾の気配がより濃くなった。ここにいる、と確信を持つが、エントランスからさらに中に進む方法がわからない。ドアにはロックがかかっていて、おそらくカードキーで開くか、備え付けのインターホンで連絡して中から解除してもらわなければ開かない仕組みだ。

（……開けられるかな）

ふと、妙な自信が理也の中に湧き上がる。開けられる気がする。ロックがかかっていようと、関係なく、そのドアを開けられるんじゃないだろうか。

そう思ってドアに向かう途中、誰かに腕を掴まれた。スーツ姿の見知らぬ男だった。

「駄目だよ、ここ、会社だから。入れないよ」

外から戻ってきた、東吾の会社に勤める人なのだろう。どう見ても高校生でしかない理也の姿を見咎めて、声をかけてきたのだ。振り返った理也の顔を見ると、男が眉を顰めた。

「どうした、君、怪我してるのか？」

言われるまで、岡本に殴られたことも忘れていた。そういえば頬や唇の端が痛む。腫《は》れているだろうし、血が出ているかもしれない。

「東吾さまを……」

理也自身はそんなことに構っていられなかった。とにかく、東吾に会いたくて泣きそうだった。

「竹葉、東吾さまに、会いに」

理也の腕を摑んだまま男がさらに眉を顰めた時、ドアの向こうから別の男が現れた。理也を拘束している男と顔見知りなのか、「どうかしたんですか?」と声をかけてくる。その男も理也の様子に訝しい顔になって、「変な子供が……」「警察を呼んだ方が」などと小声で話し合うのが聞こえてきた。

「東吾さまを呼んでください。理也だと言えばわかります、三枝理也です」

警察、という単語に理也は密かに震え上がった。ぐったりとした岡本の姿を思い出す。警察に連れて行かれでもしたら、もう二度と東吾に会えないかもしれないと思うと、怖くて、泣きそうだった。

「お願いします……」

懇願する理也に、腕を摑む男の手が弛《ゆる》んだ。

「わかった」

拍子抜けするほどあっさりと頷き、ドア横に据え付けられたインターホンの受話器を取っている。もう一人の男も、理也をどうこうしようとはせず、ただぼうっとその場に突っ立っているだけになった。

インターホンに向けてやり取りしていた男が、そう待つまでもなく理也のところに戻ってくる。

「すぐに下りてくるそうだ」

彼の言うとおり、数分と経たず、ドアの向こうから、理也が会いたくて会いたくてどうにかなりそうに想っていた人の姿が現れた。

「東吾さま……！」

スーツ姿の東吾を見て、思わず駆け寄りそうになった理也は、だが彼が至極冷淡な眼差しで自分を見返していることに気づくと、その衝動を抑えつけた。東吾は、竹葉の屋敷で御蔵たちがいる時と同じ顔をしている。

（抱きついたりしちゃ、駄目なんだ）

本当は泣き喚《わめ》きながら東吾に縋りたかったのに、必死で堪える。

東吾は理也からすぐに他の二人の男に目を移すと、綺麗な眉を微かに顰めた。

「――もう行っていい」

男たちに向けて、東吾が低い声で言う。途端、二人は何か夢から覚めたようにはっとした顔になって、訝しげに理也を見て、東吾に会釈をしてから、それぞれビルの中と外へ去っていった。

「あの……東吾さま……」

二人がいなくなると、理也はおそるおそる東吾に呼びかけた。

「ごめんなさい、急に押しかけて……あの、俺……」

どこから何を説明すればいいのか迷う理也を、東吾はやはり冷えた眼差しで見下ろした。冷たいという以上に、東吾は何か怒っている気配がする。突然職場を訪れたことに腹を立てているのか。縮こまる理也を見て、東吾がさらに眉を顰めた。

「来なさい」

手首を取られる。摑まれた指の強さに、理也も眉根を寄せた。それでも振り払うことなんて思いつくわけもなく、東吾に腕を引かれるままドアの内側に入り、エレベーターに乗り込んだ。

東吾は壁のパネルを開けて、そこにもカードキーを通している。エレベーターが動き出し、その間東吾はずっと無言で、理也も口を開けなかった。

東吾からはやはり怒気が滲んでいるように見える。人前で理也に対して素っ気なく振る舞うことはあっても、二人きりでいてこんなふうになるのは初めてで、理也はどうしたらいいのかわからなかった。

　エレベーターはやがて最上階に着いた。東吾は理也の手首を摑んだまま廊下に出て、突き当たりの部屋に向かう。大股に歩く東吾に、理也は小走りでよろめきながらついていった。

　部屋は東吾の私室のようだった。ソファとテーブルがあるだけの無愛想な場所で、生活感はなかったから、ここに住んでいるわけではなく、自宅に戻る暇がない時の休憩所のようなものだろうか。

　部屋に入ると東吾が理也から手を離した。

　こちらを振り返らない東吾の背中を、理也は不安な心地で見上げる。

「……東吾さま……」

「どういうつもりだ?」

　呼びかけた理也の声を遮るように、東吾が眼差しと同じくらい冷たい声音で言った。やはり突然押しかけたことを怒っているのだと思って、理也は萎縮する。

「ご……ごめんなさい、行くところが、他に、思いつかなくて」

「誰の匂いだ、それは?」

「え？」

小さくなって項垂れていた理也は、問われた意味がわからず東吾を見上げた。東吾はいつのまにか理也の方を見下ろしている。切れ長の目を細めて、わずかに首を傾けて、微笑みもせずに自分を見下ろす東吾がとても綺麗で、それだけに余計怖ろしく見えて、理也はますます小さくなる。

「誰に、何をされたのかと聞いているんだ。——他の男の匂いを撒き散らして」

東吾が手を伸ばし、理也の喉元に触れる。屋敷にいた頃、優しく撫でてくれた仕種とはまるでかけ離れた、無造作で乱暴な触れ方だった。

その仕種が嫌だったわけではなく、岡本に舌を這わされた場所に東吾が触れれば彼の手まで汚れてしまう気がして、理也は咄嗟に後退さった。

東吾の顔が不快そうなものに変わる。

理也は、ここに来てはいけなかったんだと、両手でシャツの襟元を握り締めた。さっき急いで服を着たから、まともにボタンも止まっていなかった。

「部活の、先輩に、急に……嫌で、逃げてきて、あの、俺のせいで」

岡本が倒れたこと、その原因が自分かもしれないことを、とにかく東吾に伝えなくてはならない。今頃学校では騒ぎになっているだろう。

焦るほど支離滅裂になる理也の言葉を聞いた東吾は、微かに苛立《いらだ》ったように理也に近づき、今度は二の腕を摑んできた。引き摺《ず》られるようにしながら、理也はまた東吾のあとをついて部屋の奥へ向かう。よく見るとドアがあって、東吾がそれを開くと、ユニットバスが現れた。

理也は靴を脱ぐ間もなくバスルームの中に引っ張り込まれ、東吾がシャワーコックに手を伸ばし、それを捻る。冷たい水が上から降り注いできた。東吾は自分まで濡れるのにも構わず、シャワーを手に取って、理也に頭から水をかけてくる。

理也は水が冷たいことより、服を着っぱなしのことより、同じく服を着たままの東吾が濡れてしまうことばかりが気懸かりだった。

「東吾さま――」

呼びかけたいが、強い水圧でシャワーを浴びせられて、口を噤《つぐ》むしかない。

勢いよく頭から体中に水を掛けられ、その水の冷たさは、理也に竹葉家での水垢離を思い出させた。身を切るように冷たい水を体に浴びるのは、穢れを落とすため。

(東吾さまに、汚いと思われている)

それに気づくと理也は猛烈に悲しくなった。水の冷たさとは関わりなく身が竦む。消え入りたい心地になる。脚が萎えて、その場にしゃがみ込んでしまいたかったが、東吾に腕を取られたままなのでどうにか立っている状態だった。

濡れた制服を剝ぎ取られる時は恥ずかしかったが、シャワーを浴びるのに服を着たままなのもおかしな気がして、必死にその羞恥心を堪えて、されるままになった。俯く途中に、壁に取りつけられた鏡を見つけた。鏡に映った理也は怯えた野良犬のように腰が引け、さっきから何だか耳に違和感があるなと思っていたら、人の形を取っているのにそこだけ狐のものになっている。普段は薄い茶色の髪が全体的にさらに薄くなり、耳の辺りだけが真っ白だ。耳はへたりと下を向いていた。腰の辺りからも白い尻尾が出ていて、濡れて惨めにしぼみ、怯えた形で両脚の間に入り込んでいる。

獣の姿が混じった体でがくがくと震える自分が、理也には見窄《みすぼ》らしく見えて仕方がなかった。

(ちゃんと人間の姿でいることもできない)

泣きながら意識でも手放してしまえれば、きっと狐になって、この惨めさから逃れることはできるだろう。だからこそ理也は必死に人のままでいようと堪えた。せっかく狐の時でも人の時でも同じ記憶を保てるようになったのに、今失神して嫌なことを全部忘れてしまうのであれば、ますます東吾から自分が遠ざかっていく気がする。

東吾はしばらく無言で理也をずぶ濡れにしてから、シャワーを止めた。棚からバスタオルを引き出して、今度はそれを理也の頭に被せる。乱暴に狐の耳や顔や体や尻尾を拭われ、理也は痛みを感じるくらいの荒っぽさに文句も言わず、ただされるままになる。

仕種からやはり東吾が怒っていることが伝わって、どんどん心と体が萎縮していく。

ろくに髪も乾ききらないうちに、今度はバスローブを肩からかけられて、ユニットバスから部屋へと押し出された。理也はそのままよろめくように歩き、足がもつれて床に倒れ込むことを覚悟したが、転んだ先はソファの上だった。

「……っ」

どさっとソファへ背中から勢いよく倒れ込み、咄嗟に閉じた目をまた開けると、間近に東吾の顔があった。

「臭いが取れないな」

耳許に鼻面を近づけた東吾に言われて、理也は小さく震えた。怖かったのか、東吾の吐息が掛かったせいか、自分でもわからなかった。

「発情した牡の臭いだ。自分でわからないのか？」

「……発……情……？」

問われた言葉をそのまま繰り返す。

岡本が自分に強いようとしたことが何だったのか、飲み込めたようで飲み込めない。嫌なことをされかけているとは思った。だがあの行為が何だったのか、知識に乏しい理也には把握しきれなかったのだ。

戸惑う理也の様子に、東吾がまた微かに不愉快そうな表情になる。

東吾がここまで苛立ったふうになるのを見るのは初めてで、そうさせているのが自分だと思えば、また泣きそうになった。

「——おまえは無防備すぎる」

ぐしゃりと顔を歪《ゆが》める理也の頬に、東吾が手を当てた。岡本に殴られたところで、触られると熱くなり、その痛みに理也はさらに眉根を寄せた。

「私に断りもなく、こんな傷を作って……他の男に触れさせて」

「……ごめんなさい……」

東吾を怒らせて、それに、悲しませている。

それがわかって、理也は耐えきれずに両眼に涙を滲ませた。

(来ちゃいけなかったんだ)

東吾を頼ってはいけなかったのに、のこのこと押しかけて。

東吾にこんな顔をさせているのが他ならぬ自分だと思うと、理也は情けなくて、消え入りたい心地になる。

「……帰ります、仕事の邪魔をして、ごめんなさ」

言おうとした言葉を途中で遮られた。

東吾の唇に唇を塞がれ、理也は微かに目を瞠る。

頬に当てられた手で顎を開かされ、驚いている間に、口中に東吾の舌が潜り込んできた。

上顎を舐め取られ、縮こまる舌を吸い上げられ、かと思えば唇を痛いほど噛まれて、理也はそのたびいちいち身を震わせた。

東吾が怒っていて、だから荒っぽいことをされていると思うのに、それを心地よく感じる自分が何だかひどく後ろめたかった。

(痛い――気持ちいい)

体温よりも熱いものが、東吾の舌を伝って自分の中に入り込む気がする。その感じに理也は覚えがあった。竹葉家にいた頃、東吾から『力を分ける』と言われて、やはりキスされた時と同じだ。いや、その時よりももっと熱くて、痛い感じがした。熱くて熱くて、触れたところが灼けてしまうのではと思えてくるのに、それがどうしても気持ちよくて、拒むことを思いつけない。

喉に自分のものか東吾のものかわからない唾液が流れ込む。飲み下す時に背中がぞくぞくした。もっと、と気持ちと体の両方がせがんで、無意識に東吾の体に腕を伸ばしていた。

その背中に抱きついた時、東吾の動きが止まる。唇を離されて、ひどく物足りない気分で、いつの間にか閉じていた目を開いた。

東吾が熱っぽい仕種とは裏腹に、まだ冷たい目で理也を見下ろしていた。

「――少し会わない間に、そんな顔をするようになったのか」

自分がどんな顔をしているのか、理也は東吾の瞳に映る自分自身をたしかめようと、喰い入るように相手をみつめた。

ぎゅっと、東吾が眉を寄せる。苦しそうな表情に見えて、理也も胸が痛んだ。

「誰がおまえにそんな顔をさせるんだ？」

東吾が理也の肩口に顔を伏せたから、理也にはその表情が見えなくなってしまう。

「他の誰かに穢されるくらいなら、御蔵たちの言うとおり、おまえをあの家に閉じ込めておけばよかった」

「――え……」

閉じ込める、という言葉が、何か怖ろしいことのように聞こえた。あの家というのは、竹葉の屋敷のことだろうか。

「私は理也をそんな目に遭わせたくないから……なのにいつの間に、おまえはそんな媚態《びたい》を作るようになったんだ。私以外の男の前で」

「そ……んなこと、して……」

ひどいことを言われた気がして、理也は咄嗟に反論してはみたが、ふと岡本の言葉が脳裡に蘇ってきて、声を呑み込む。

——おまえが誘ったんだろ。

岡本にもそう詰《なじ》られた。

彼だけじゃない。最近になって校内の生徒たちから次々と声をかけられ、見知らぬ女の子にまで名前を聞かれたり、遊びに誘われたりと、以前ならあり得ないことが続いていた。

「狐の性は淫乱だ」

耳許で、東吾の低い囁きが続く。

「多かれ少なかれ人を惑わせる力がある。竹葉はその力を借りて仕事をこなすこともあるが——無軌道に使われては、混乱しか招かない。だからきちんと縛って、主の許しがある時以外は淫蕩《いんとう》に耽《ふけ》ることを抑制しなければならない」

「……そんなこと、してないです」

淫蕩に耽る、とか。

まるで自分のことを言われている気がしなくて、だからひどく悲しくて、理也は堪えきれずに小さくしゃくりあげた。

「絶対に、してないです。俺は誰にも、岡本先輩にも……東吾さま以外に、触られたいとか、思ってないです」

それとも東吾に触れられたいと思うこの気持ちこそが、狐がそうであるという『淫乱』の証なんだろうか。

「――自覚がないのならなおさら性質《タチ》が悪い」

東吾が理也の肩口から顔を上げ、じっと、見下ろしてくる。

「どうして無意識に人に取り入ろうとするようになったんだ？　夏の頃はそんなふうじゃなかっただろう」

「……」

問われても、理也にはわからない。

東吾がまた理也の頬に触れる。岡本に殴られ、熱を持って腫れぼったくなっていたのに、もう痛みが消えていた。東吾が何かしてくれたのだろうか。そのことを喜ぶ気持ちと、叱責され続けていることに竦む気持ちで、理也は身動きが取れなくなる。

「私の理也は、もっと無邪気だった。何も知らなすぎて、力を持つ兆候などまるで見えなかったのに……」

東吾の手が、理也のバスローブの前をはだける。東吾の視線に釣られるように、理也も自分の肌を見下ろした。東吾が探しているものが何なのかはすぐにわかった。理也が、竹葉家の、東吾のものであるという徴だ。

そしてそれは、理也の体のどこにも見当たらなかった。

「そうか。やはりおまえは、どうしても、竹葉に従うことを拒むんだな」

「――」

東吾の呟きは独白のようでもあったが、理也はこれ以上なく責められた心地になって、目を見開いた。

「違います……！　俺は、竹葉の、東吾さまのことを拒もうなんて思ったこと、一度も」

悲しくて、また両眼から涙が散る。なぜ自分が他の狐のように東吾に仕えることができないのか、本当に理解できない。

「何か、方法はありませんか。無理矢理でいいです。辛くても、痛いことでも、何でも絶対我慢しますから。俺を東吾さまのものにしてください。俺、力が現れたんですよね。『兆候』があったんですよね、そうしたら、東吾さまの狐にしてもらえるんじゃないんですか。契約の儀式をして、そうなれるって、前に東吾さま言ってましたよね」

必死の思いで東吾のスーツの袖を摑み、訴える。

「また、竹葉のお屋敷に行けばいいですか。あのお香みたいなやつを焚《た》いたり、ああいう

「あれは力を呼び覚ますための儀式だ」

泣きながら言う理也の狼狽に反するように、東吾の声音は落ち着いて、低くなる。

「狐を従わせるために必要なのは、名を与えることだと言っただろう。おまえにはすでに名を与えた。それでも、私との繋がりが生まれない」

「……どうして……」

「私の力が足りないか、それとも——おまえに、何か別の呪《しゅ》がかかっているのか」

「別の……呪？」

「私にもわからないんだよ。それが、力が足りないということなんだろう」

東吾が、はだけた理也のローブを、そっと元に戻す。

そのまま身を起こそうとする東吾を、理也は咄嗟に引き留めた。自分もソファから背を浮かし、東吾に縋る。

「もう一度してください。さっき、俺の中に、何か……力みたいなのをくれましたよね。あれをたくさんもらえたら、きっと、俺に東吾さまのものだっていう徴が顕現するんですよね」

理也を見返す東吾の顔が、少しだけ、困ったようなものになった。

構わず、理也は喰い下がる。

「お願いします、東吾さま」

東吾の目を覗き込むと、ずっと刻まれていた彼の眉間の皺が、ふとほどけた。

そのまま相手の顔が近づいてくるのが嬉しくて、理也は進んで目を閉じる。

唇と唇が触れ、その感触の心地よさにうっとりしながら、理也は自分からその唇を開いた。すぐに入り込んでくる東吾の舌に、その動きを真似て、拙《つたな》く自分の舌を絡ませる。

東吾がもう一度理也をソファに横たわらせ、上に覆い被さってくる。

理也は相手の濡れたスーツの背に両腕を回し、夢中で東吾と深い接吻《くちづけ》を交わした。

「ん……ん……」

気持ちよすぎて、心が体から浮き上がりそうなほどだった。

舌を触れ合わせ、きつく吸い上げられると、背中がぞくぞくと粟立《あわだ》つ。

ふるふると狐の耳が震えた。体とソファの間で、尻尾が蠢《うごめ》いているのがわかる。

弱っている時や怯えている時だけではなく、自分の体がそうやって反応することを理也は初めて知った。快楽に反応して動いてしまう。きっと東吾には、たくさん気持ちよくなっていることが丸わかりだっただろうが、それに羞恥を覚えることもできなかった。

その耳に東吾が唇を寄せる。息を吹きかけられ、唇で食《は》まれて、体から力が抜けそうになった。背中を撫でられ、尾のつけ根の辺りをバスローブ越しに掌で擦られると、短く何度も甘い声が漏れる。無意識に腰が持ち上がり、もっと触れて欲しいとねだるような仕種になった。東吾は理也の望むまま、何度も腰を、尾の辺りを撫でてくれる。理也は気づけば身を起こし、東吾の体に抱きつき、震えながら縋っていた。

「あ……ぁ……あ……！」

こんな快感を今まで味わったことがない。拒むすべも、そうするべきだと思いつくこともなく、理也は簡単に悦楽に溺《おぼ》れた。

東吾の仕種が熱っぽいのが嬉しくて、理也は息を乱しながら、何度も甘い声を漏らす。それが自分の声だということがどこかで信じられなかったが、そんなことよりもただただ気持ちよくて、幸福で、全身が蕩《とろ》けそうなくらいだった。

東吾が理也の体から、すでに乱れていたバスローブを剝ぎ取り、素肌に触れる。肩や腕を撫でられ、胸元に触れられて、岡本にそうされた時は嫌悪感だけしかなかったのに、東吾に同じふうに触られれば、余計に甘い声が漏れるばかりだ。

直接尻尾を撫でられ、小刻みな震えがそこから爪先まで走った。東吾の手が、揺れる理也の尻尾を追ってその毛並みを執拗《しつよう》に撫でた。

「あ……、ん」

もっと、と声を出してねだるのは恥ずかしい気がして、堪える。

でもどうしても、もっと触れてほしい。東吾にもっと近づいて、相手の存在を全身で感じたい。

その衝動――欲望が抑えきれず、理也がより強い力で東吾に縋ろうとした時、唐突に電子音が鳴り響いた。

不意打ちのその音に驚いたように体を揺らしたのは、理也だったのか、東吾だったのか。部屋中に満ちかけていた濃密な空気が、少し間の抜けた調子で鳴るその音によってあっさりと砕かれた。

東吾が理也から離れてソファから下り、スーツのポケットから携帯電話を取り出している。

「――私だ」

東吾の体から落ち行き場を失った両手を持て余す理也の見上げた先で、東吾は平静な、大人の顔に戻っている。

言葉にできないくらい落胆した気分で、理也は事務的に電話の相手と話す東吾の姿をみつめた。

「そうか。わかった、では、そのように頼む」

東吾は短いやり取りだけで電話を切ると、冷静な表情のまま理也を見下ろした。

「私は仕事に戻る。もう少ししたら迎えが来るから、理也は家に戻りなさい」

「え……でも……」

理也の気持ちはまだ東吾との触れ合いに残っている。

東吾がどうしてそんなふうに平気な顔をしていられるのか、理也には理解できない。

「学校でのことなら心配ない。竹葉家の方で処理する」

今の電話は、理也が学校の部室で起こした岡本のことに関する連絡だったのかもしれない。学校から三枝の家に、そこから東吾へと報せが回ったのだと、東吾の様子で理也はそう察した。

「あとのことは三枝の二人に任せる。今日は、帰りなさい」

「東吾さま」

理也は、帰りたくない。東吾と離れたくなかった。

そう訴えようと、再び東吾に伸ばしかけた手を、そっと相手に押し戻された。

東吾は片手で自分の額を押さえている。

「いい子だから、私の言うことに従ってくれ、理也」

「……はい」

諭《さと》すように言われては、もう理也に逆らうことはできなかった。

東吾は濡れたスーツを新しいものに替え、部屋を出ていった。最後に理也の頭を撫でてはくれたが、目を合わせてくれなかった。

東吾の気配が遠ざかると、部屋の中は、ひどく空虚な感じになった。

「……」

急に寒くなった気がして、理也は自分の体を腕で抱く。ぶるりと身震いしたら、まだ狐のままでいた耳と尻尾も連鎖的に毛先まで震えた。

「……みっともない」

ぽつりと、呟く。さっき東吾に触れていた時、快楽に任せて耳も尻尾もやたらに動いていた気がする。動物みたいだ。実際、動物なのだ、自分は。

（……東吾さまもいないんだから、早く、人に戻らなくちゃ……）

東吾がキスしてくれたのは、力を与えて、理也をさっさと人の姿に戻すつもりだったのかもしれない。

なのに自分は勝手に『発情』して、縋って、変な声を上げ続けていた。それを思い出すと、理也は何だか死んでしまいたい心地になった。東吾の触れ方にも熱が籠もっていた気がしていた。でも、誰かに呼び出されれば、理也をあっさり投げ出して、余所へ行けてしまう程度のことだったのだ。

理也ばかりが嬉しがっていた。あんまりねだるから、仕方なく触れてくれたのだろうか。

（戻れ……）

両手で耳を押さえる。こんなみっともない姿を三枝の養父母に見られたくない。

（戻れよ……）

東吾が自分を置いて去っていったことが悲しくて仕方がない。そのせいで耳も尻尾もなかなか消えてくれない。

誰もいなくなった部屋で、どうにかちゃんと人の姿に戻れるまで、理也は一人啜り上げながら狐の耳を押さえ続けた。

6

岡本は病気療養という名目で休学にさせたと、三枝の養父母が言った。

「理也さんに対する行為の前後を忘れるよう、処理します」

そう言った養父母に、理也は何か寒気を覚えた。人の記憶を改竄《かいざん》するということを当然のように口にしたことに対してか、『処理』という言葉の響きに対してか、その両方か。

普段は専業主婦として家にいる養母は、翌日その『処理』のためにでかけていった。養父はいつもどおり仕事に向かい、理也は二人から今日は休むように指示されるまでもなく、とても学校に行く気分になれなかった。

岡本のことがあまり気にならない自分は薄情なのだろうかと、自室のベッドの上で何度も寝返りを打ちながら理也は思う。

彼の目から光が消えたように、まるで心が消えたようになった姿を思い出しても、自分の心は痛まない。それどころか、岡本に触れられたせいで東吾を怒らせてしまったことを思い出すと、嫌悪感ばかりが湧いて出る。

（……東吾さまに、叱られた）

東吾から、人前にいる時に冷淡にあしらわれたことはあっても、二人きりなのにあんなふうに叱責された覚えが、理也にはない。

岡本に触られたせいだと、理也は彼に対する嫌悪と同じくらい、自分のあさはかさを呪った。東吾のところに行くべきではなかった。知られるべきではなかったのだと思う。

(でも、どうしたらいいのかわからなかったんだ)

岡本の感触が体に残ったままなのが嫌だった。自分が岡本に対してしてしまったことが怖かったというよりも、多分、その方が大きかった。

(——東吾さまに触られるのは、気持ちよかった)

竹葉の屋敷にいた夏休みにも、東吾に抱き締められて、頭を撫でられて、キスもされた。それはとても心地よくて、うっとりとするくらいだったのに、昨日はもっと違う——もっとずっと、体も心も近くなるような、特別なことのように思えた。

なのに、東吾はそれをやめてしまった。

あのまま触れ続けてもらえれば、東吾のものになれる気がしたのに。

(他の人に触られたから、駄目だったのかな)

昨日東吾が部屋からいなくなってからずっと、そんなことばかりを考えていた。

溜息をつきながら、理也は何度目かの寝返りを打つ。

さっきから、体が変に熱い。

（俺が東吾さまを拒んでるって、どういうことだろう）

呪がかかっていると東吾は言っていた。

のろいとか、まじないとか、そういう意味のようだったが、理也自身にはまるで心当たりがない。自分が狐であることを思い出し、昔の記憶をずいぶん取り戻したけれど、わからないことはまだまだ多い。自分がいつ、どうやって生まれたとか。

（俺は狐なんだから、俺の本当の親も狐なんだろうけど……会えたら、聞けるのかな）

自分が東吾に従えない理由。他の、火野たちのように徴が顕現しない理由。

こんなにも、泣きたいほど、東吾のものになりたいと心が訴えているのに。

「……ん」

小さく声を漏らしてから、理也は自分のその声の甘さにぎょっとした。

東吾のことを想って、彼に触れられた昨日のことを思い出すうち、自分でも同じように、首筋や肩に触れていた。

深く接吻けられた唇に指を当てて、その指が東吾の舌であるかのように、自分の舌を絡めていた。

『狐の性は淫乱だ』

東吾に言われた言葉を、その声と一緒に思い出して、理也は一人で赤くなる。

そんなことないと言い返したはずなのに、今の自分は、本当にそのとおりな気がして、恥ずかしい。

恥ずかしいのに、指を舐める動きが止められない。ぞくぞくと震える体を、反対の手で抱き締める。東吾にそうしてもらう時のことを思い出しながら。

（何だ……これ……）

体の芯から悪寒に似たものが湧き上がって止まらない。

昨日の東吾の動きを、体温を、匂いを思い出して、勝手に呼吸が荒くなる。

無意識に両脚を摺り合わせていた。腰の辺りが落ち着かない。体が熱くて熱くて、苦しくて、ここにはいない東吾にどうにかしてほしくなる。

「東吾さま……」

口に出して名前を呼んでみると、さらに身震いが止まらなくなった。

脚の間と、耳の辺りと、腰が疼《うず》く。ああ、また耳と尻尾が出てしまっている。そう気付きながらも、それを収めようとは思いつかず、理也は脚の間に湧き上がる違和感――耳と尻尾の辺りとは違う、痺れるような甘い疼きの方にばかり気持ちが行ってしまう。

その疼きをどうにかしたくてまた寝返りを打った時、シーツに腰が擦れて、信じられないくらいの快感がその場所に走った。

「あ……、……あっ」

わけがわからないまま、手に触れた毛布を抱き締める。東吾にそうするつもりで手も脚も毛布に絡めた時、体の奥の方から生まれて初めての衝動が突き上げてきて、それに抗えずに理也はそのまま大きく胴震いした。

「……っ」

下着が汚れた感触がする。

何の知識も持たない理也は、自慰についても射精についてもわからないままそれを経験して、ひどく狼狽えて、怯えた。

強烈な快感のあとには同じ強さの恐怖と罪悪感が込み上げてきて、勝手に涙が滲んできた。

淫乱、と言われた言葉の意味をはっきり思い知る。昨日はおぼろげにしかわからなくて、責められている気がしたから、弁解したかっただけだった。

自分が汚い生き物に思えて恥ずかしいし、悲しい。

(俺がこんなふうだから、東吾さまに嫌われてしまったのかもしれない)

昨日、無意識に、こうなることを東吾に望んでいた気がする。

もっと、と思った。もっと触れてほしい。もっと気持ちよくしてほしい。そんなふうに考えていることが東吾に伝わって、それで、追い払われたのだろうか。

理也は暗い気分でベッドから起き上がり、部屋を出ると、風呂場に向かった。脱衣所で鏡を見ると、やっぱり耳と尻尾が出てしまっている。我を忘れるとこうなるらしい。本当にただの動物だ。理性も何もあったものじゃない、と思って、理也は泣きそうな顔で笑った。どうして自分はこんなふうなのか、自分で呆れるほかない。

とにかく汚れた体を清めたくて、昨日東吾からそうされたように、冷たい水を頭から浴びる。勢いよく、体中にシャワーを当てる。頭の芯も冷え冷えしてきた頃、狐の耳と尻尾がゆっくり体に収まって、姿を消した。段々と自分の中に白い毛をした耳と尻尾が消えていく様子を、理也はひどく物珍しい気分で眺めた。本当に俺は狐なんだなと、今さら妙に実感する。人の時に自分が狐だと意識するようになったせいで、こんなふうに中途半端な姿を取るようになってしまったのだろうか。

（すぐこうなるんじゃ、東吾さまのために、人に交じって働くこともできない……）

長い間風呂場に籠もり、いい加減寒くなってきた頃、ようやくシャワーを止めた。清潔な服に着替えて少しだけ落ち着く。養父母が家にいなくてよかった、と思いながら、居間のソファでぼんやり座り込んだ。あまり深く考えごとをしたくなくなって、意味なく天井を見上げる。油断すれば東吾のことを考え、悲しくなって、泣きそうだった。

どのくらいぼうっとしていたのか、理也が我に返ったのは、インターホンのチャイムが鳴ったからだ。

時計を見ると、昼を過ぎた頃だった。そういえば朝も昼も食べてなかったなとぼんやり思いながら立ち上がり、壁に据えられたインターホンの親機に向かう。

親機には外の子機についたカメラで来客の姿を映し出す仕組みのはずなのに、モニタは真っ暗なままだった。呼び出しボタンは光っているので、外に誰かいるはずなのだが。

悪戯だろうか、と思いながら、理也は一応受話器を取って、「はい」と応えてみた。

受話器からは声が聞こえてきたが、ノイズがひどくて聞き取れない。男の声か女の声かも判別つかなかった。

（故障かな）

仕方なく、理也は直接玄関に向かった。ドアのレンズから外を見ると、門扉の外に人影が見える。遠いので、姿ははっきりとしなかった。知らない人が来ても出ないようにと養父母からは当たり前に教えられているし、勧誘や何かの集金だったら自分では対応できないから出ない方がいいだろう――と思い、理也がその訪問者を無視しようと、ドアから離れかけた時。

「……あれ」

ひどく懐かしい、強烈に惹《ひ》きつけられるような感覚が過ぎって、理也は廊下を戻りかけた足を止めた。

もう一度ドアの外を覗く。縦に細長い人影があるのは見えるが、それが男なのか女なのかもわからなかった。

どうしても気持ちがそちらへ惹かれる。理也は迷いつつも玄関の内鍵と、ドアロックを外してそっとドアを押し開けた。

敷地の向こう、背の低い門扉の外に立っていたのは、若い男だった。

直接その男の姿を見て、理也は思わず息を呑む。

細身の長身で、まだ猛暑だった夏の名残が取り切れない時期なのに、白の薄いロングコートを羽織っていた。そのポケットに両手を入れている。

コートを羽織る均整の取れた体の上には小さな頭が乗っていて、男性にしては長い髪の色は白銀に見える。髪の色も異様だったが、それよりも理也を驚かせたのは、その男の顔立ちがあまりに美しかったからだ。

東吾も端正な顔立ちをしていたが、男らしく涼しげな雰囲気を持つ彼とはまるで種類の違う美しさだった。背が高いから男性だとわかるが、雰囲気は中性的で、顔だけならば男とも女とも判断がつかない。彫りが深く、烟《けぶ》るような長くて細かい睫《まつげ》が瞳の大半を隠しているせいか、少し眠たげな目に見える。睫は髪と同じ色だったから、髪を染めているわけではないのだろう。よくよく見てみれば、光の加減で白く見えるだけで、元は明るすぎる金色のようだった。

そして彼を見てなぜ自分がこんなにも懐かしさを覚えるのか、理也はすぐにわかった。

（狐だ）

彼は、彼も、ただの人ではない。

人間の形を取ってはいるが、理也や火野たちと同じく、狐なのだ。

「どちらさま……ですか」

それでも何と言って呼びかけていいのかわからず、理也は戸惑いながらそう訊ねた。会った覚えのない人だ。

「やあ。俺は、秋野《あきの》だよ」

笑って、男が言った。笑うと途端に人懐こそうな様子になる。目許に笑い皺が刻まれ、理也は初め彼が二十歳そこそこだと思っていたが、もう少し年嵩、二十代の後半くらいなのかもしれないと見当をつける。

「気づいてるだろう？　おまえの仲間だ」

コートのポケットに両手を突っ込んだまま告げる男に、やっぱり、と理也は心臓を高鳴らせた。

「おまえが一人で退屈しているだろうから、遊びに来たんだよ。上がってもいいかい？」

笑って秋野が言う。砕けた口調は表情と同様人懐っこく、突然訪れた『仲間』にまごついていた理也も、何だか打ち解けた気分になる。

（お父さんかお母さんか――東吾さまが、呼んでくれたんだろうか）

理也が今ひとりでいることを知っている。養父母からは家を出ないように言われていた。

「はい、どうぞ、上がってください」

三枝家の前庭は短く、数歩で門扉に辿り着く。両開きの低い門扉は中からも打掛錠が開けるようになっている。秋野が先に門の把手《とって》に指を掛けたが、何か静電気にでも弾かれたように、すぐに手を離していた。

「成程……」

笑ったままの顔で秋野が言う。

「どうやら俺はこの家に入れないみたいだ」

「え？」

問い返す間に、理也は門扉を開いていた。

「外に行こう。昼はまだかな。おいしいコーヒーを出す店に連れていってあげるよ」

秋野が理也の方へ手を差し出し、理也は三枝の家を振り返った。昼は温めればいいだけの食事を養母が用意してくれている。でもそれなら、夜に回しても大丈夫なはずだ。

「じゃあ、財布を、取ってきますから」

「そんなもの。俺といておまえに金で困らせることなんてしない、行こう」

ぐっと、手を握られた。そのまま敷地の外に引っ張り出される。思いのほか強い力に理也は驚いた。それから、自分が養父の突っかけのサンダルを履いているということにも。

「せめて靴を、あの、鍵もかけないと」

「大丈夫、大丈夫」

じっと目を覗き込んで笑いかけられた。

男の目は血のような赤の混じった黒で、瞳孔が判別できず、すべて同じ色だった。それが不思議で理也はついその目を覗き返す。

頭の奥を手で鷲摑《わしづか》みされたような感じがして、それが、何だか気持ちよかった。

「はい」

頷こうと思って頷いたわけではないのに、そうした自分を疑問に思えなかった。

にっこりと、秋野が微笑みから、満面の笑みへと変わる。

歩き出す秋野の後ろを、理也は小走りに進んだ。秋野は歩くのが速い。背が高い分、脚も長いから、一歩が大きい。それにしても速い。大きな突っかけサンダルが脱げそうになるのを気にしながら秋野を夢中で追い掛けるうち、理也が気づいた時には目の前に小洒落《こじゃれ》た雰囲気のオープンカフェがあった。初めて来る場所だ。

いつの間にか街中に出ていたらしい。

(こんなに、街が近かったっけ)

三枝の家は駅から離れた新興の住宅街にある。広い公園や日用品を買う大型スーパーには徒歩でもすぐに辿り着くが、駅やその近辺の繁華街に向かうには、車や自転車やバスを使わなければ時間がかかりすぎるはずなのに。

「座って」

答えがまとまらないうち、秋野に促されると、夢から覚めたようにハッとなり、理也は彼に従いカフェの椅子に腰を下ろした。秋野はすでに理也の向かいに座っていて、メニューを開き、店員とやり取りしている。

「おまえの分も勝手に頼んでおいたけど、大丈夫だよな」

「あ……はい」

理也に好き嫌いはない。だから何の問題もない。すべてが秋野のペースで進んでいることに当惑はするが、不快ではなかった。

秋野が頼んだのはサラダとホットサンドとコーヒーで、そう待つまでもなくテーブルに並べられる。秋野はとても優雅な仕種でホットサンドを手づかみして、大きな口を開けて食べた。すべてがしっくりくるような、ちぐはぐなような、とにかく人目を惹く様子だった。店にいる客も店員も、さっきからちらちらと秋野を気にしている。理也も、秋野の様子から目が離せなかった。

(こんな人もいるんだ)

理也は今年の夏に狐であると自覚するまで、自分のことも他人のことも気にせず暮らしてきて、今でもはっきりと姿や名前や声を思い出せるのは東吾だけだった。他の人たちは理也の中で曖昧な存在で、最近ようやく、三枝の養父母や、クラスや部活動でよく話す人たちを、それとしてきちんと認識できるようになったくらいで。

――だがこの秋野という狐を、理也は今日以降決して忘れることができないという予感がした。それくらい、存在が鮮やかだ。

「どうした、食べないのか?」

口の周りに少しだけホットサンドのホワイトソースをつけた秋野が、小首を傾げて理也に問う。理也が彼の顔についたソースについ目を遣ると、それに気づいた秋野が親指で口許を拭い、ぺろりと舌でソースを舐め取った。

その一連の仕種が異様なくらい艶《なま》めかしくて、理也はぎくりとした。動揺する理也の内心も読み取ったように、秋野が笑う。その笑顔も、婀娜《あだ》っぽく、理也には落ち着かない。

「別に、聞きたいことがあれば何でも聞いていいんだけどな」

まごつきながら自分の分の料理に手を伸ばす理也を笑いながら、秋野が言った。

「おまえは俺に色々聞きたいんじゃないのか？」

たしかに、そうだった。自分と同じ狐。火野ともあまり話せなかった。

「秋野さん……は、狐ですよね」

今さら、理也はそこからたしかめる。秋野は自分が理也の仲間であると言ったが、きちんと知りたかった。

とはいえあまり人のいるところで口にするようなことではない気がして、声を潜めて訊ねた理也に、秋野が頷く。

「そう。おまえよりは長生きの狐だ」

やっぱり、と理也の胸がまた高鳴る。

「火野さんの、兄弟ですか？」

火野、水野が兄弟ならば、秋野だってそうかもしれない。

「火野？　――ああ、暁子《あきこ》の狐か」

だが秋野は怪訝そうに呟き、理也の知らない人の名前を口にしただけだった。

「暁子さん？」

「竹葉の当主の死んだ姉だ。火野っていうのは、東吾が引き継いだ狐だろ」

秋野の返答に理也は驚いて、食事の手を止めた。

東吾を呼び捨てにしている。それに、彼の亡くなった姉という人の名も。

「秋野さんは、東吾さま……竹葉の狐では、ないんですか？」

理也はてっきりそう思い込んでいた。そうでなければ、彼が三枝の家にいる理也を訊ねてくる理由がわからない。

聞いた理也に、秋野が笑った。

綺麗な笑い方だったのに、理也にはどうしてか、それが怖く見えた。

「かつては、そんな時代もあったがね」

秋野が上品な仕種でコーヒーを口に運ぶ。それから、もう一度笑った。

「今は誰に従うこともなく、俺は俺の意志で生きている」

そうではない狐たちを、まるで見下すような口調だった。

「ただの人間如《ごと》きに俺を屈服させることはできないよ。竹葉なんぞに従う狐どもは愚《おろ》かの極みだ。理也は偉いな、誰にも、東吾にも従わずにいて」

「――」

理也は目を見開いて秋野を見返した。

今、彼は、「リヤ」と言った。

東吾しか知り得ないはずの、理也の本当の名前を口にした。

「どうして……」

「周りを見てごらん」

理也の問いが聞こえなかったのか、意図的に無視したのか、秋野がふとカフェの客席に目を移した。言われるまま周囲を見渡してから、理也は驚いた。さっきまで秋野を気にしてちらちらと視線を送っていた人たちが、今はもうその存在などここにはないかのように振る舞っている。

秋野は何を思ったのか、手にしていたコーヒーカップを地面に落とした。ガチャリと派手な音が鳴って陶器が砕け、コーヒーが飛び散るのに、やはり誰もそれに反応しない。店員が駆け寄ってくる様子もない。理也だけが驚いた。

「今、他のやつらに俺とおまえの姿は見えない。声も聞こえない」

辺りを汚しておいて、悪怯《わるび》れもせず秋野が言う。

「狐の……力？」

理也に、そう、と秋野が頷いた。

「見えるものを見えないと思い込ませ、見えないものを見えると思い込ませる。俺はそういうのが得意でね」

「すごい……」

狐にはそんな力があるのだ。岡本も、そうやって意識や記憶を欺《あざむ》かれるのか。

怖いことのように思えるが、だが自分にそれができれば、竹葉の、東吾の役に立つということだ。理也は喰い入るように秋野を見た。

「どうやって？」

「知りたいか？」

間髪を容れずに問い返され、理也もすぐに頷いた。秋野が立ち上がる。

「じゃあ、俺と来るといい。やり方を教えてやるよ」

それは、理也にとって思ってもみない申し出だった。どうすれば東吾の役に立てる力を手に入れ、東吾から彼の狐だという証をもらえるのか、ずっと考えて、そうなることを望んでいたのだから。

だが差し出された手を、笑って自分を見下ろす秋野を、理也はそれでもやはりどうしても怖いと感じた。最初から怖かった。三枝の家に現れて、理也に手を差し伸べた時も。

秋野は理也の躊躇を読み取ったようだった。残念そうに肩を竦めている。

「俺なら、東吾がおまえに隠していることも教えてやれるのにな」

「――え？」

「可哀想《かわいそう》に、すっかりあいつを妄信して。竹葉に騙《だま》されているとも知らずに」

「……どういう意味ですか？」

理也は困惑しながら問い返すが、秋野は面白がっているように見える。

ただからかわれているだけではないかと思えてきて、理也はぎゅっと眉根を寄せた。

「答えてくれなくても、いいです。もし本当に東吾さまが俺に隠しごとをしているとしても、それが必要なら仕方がないし、どうしても知りたかったら、東吾さまに直に聞きます」

秋野が東吾を侮っているふうな口調なのが、理也は気に喰わなかった。

精一杯相手を睨みつけ、言い返すと、秋野が背を仰け反らせて笑い声を上げた。おかしくて仕方がないという様子に見えた。

「よくよく躾《しつ》けられたものだ。飼い慣らされた狐はそういうものだから仕方がないが、本当に愚かなものだと思うね」

秋野は火野たち竹葉の狐も、東吾も、理也のことも、すべてを見下し嘲笑っている。

そんな彼が怖いという以上に不快になって、理也は自分も椅子から腰を浮かせた。

（この人の言うことを聞いちゃいけない気がする）

本当に彼は、三枝の両親や東吾に頼まれて自分の様子を見に来たりしたのか。

理也にはもうそんなふうには思えなかった。

「すみません、帰ります」

「これを聞いてもおまえは竹葉東吾を妄信し続けられるものなのかな」

「食事のお金は、あとでどうにかして払いますから」

「あの男は、おまえを殺そうとしている」

秋野の言うことに耳を貸さないよう、一方的に伝えたいことだけを口にして立ち去るつもりだった。

だが信じがたい言葉を聞いて、理也は彼に背を向けようとする動きを止めてしまった。

「殺……す？」

「そう。おまえの精神を殺して、その器だけを利用しようとしている」

東吾が殺人の罪など犯すはずがない。笑い飛ばしてしまうべきだったのに、続いた秋野の言葉の意味を考えるために、理也はそれができない。

（精神を殺す？　器？）

「狐の体に徴が表れるのは、主に絶対的な隷属を誓った時だ。おまえは東吾を拒んでいる。だから徴がつかない」

東吾にも同じことを言われた。おまえはどうしても竹葉に従うことを拒んだなと。

青ざめる理也に、秋野が微笑む。

「それは当然の権利なのさ。力の弱い狐は人間に依存しなければ生き延びることができない。ただの動物として自然で生きることもできない。だがおまえは他の狐とは違う、強い力を持っているから」

「他の狐とは……違う……」

「おまえは混じりものだ」

聞いた覚えのある言葉を、秋野が理也に向けて口にした。

「狐と人が交わってできた特別な狐だ」

秋野が何を言っているのか、頭がまるで追いつかない。

「混じりものは、人にも成れず狐にも成れず、大抵は衰弱して大人になれないまま死んでしまうがね。おまえも大層ひ弱だったが、生き延びた。そういう狐はむしろ人と狐、両方の力を持つ異端中の異端となる」

自分の本当の両親が誰——何なのか、ぼんやりと考えたことはある。火野たちと兄弟ではないのなら、竹葉の狐以外にも里があって、そこで生まれて、はぐれてしまったのかなとか。

「まだまるで力が安定していないようだが、この先いくらでも強くなれる。狐使いなら誰でもそれを欲しがる。ただの狐は、いくら特別な力を持っているとはいえ人の世界に馴染まないから、隠密の行動しか取れない。だが完璧に人のふりができる混じりものなら別だ。竹葉家はおまえを人の子として人間の世界で過ごさせ、先々まで役立てようとしている」

それは東吾にも聞いた話だ。それを『口実』にして、理也を竹葉家から遠ざけていると。御蔵たち当たりの厳しい人間から守ってくれているのだと。

「だがおまえがいつまで経っても狐として目覚めないから、竹葉のやつらはいい加減業を煮やしているだろうよ。今の東吾ではおまえを屈服させることができない。東吾で無理なら他のやつらにも無理だ。このままおまえが主を持たずに自由に外を歩き回るのは、あるいは敵対する同業者にでも使われるのは都合が悪い。だから竹葉家は——東吾は、おまえの精神を殺して、おまえの意志なく、器と力のみを使う支度をしている」

滔滔と語る秋野の声は大きく、はっきりとしていたのに、カフェにいる他の人たちはそれに一切注意を払わずに過ごしている。そのせいで理也は、自分と秋野だけが非現実な世界に紛れ込んでしまった錯覚を覚えて、気が遠くなってきた。

実際、非現実な世界にいるのだろう。

「それが『殺す』ということだ。おまえはただの傀儡《かいらい》になる。自分の意志を持たず、ただ東吾に命じられるままに力を使い、そうやって死ぬまで利用される」

魂を抜かれたようにぼんやりとしていた火野の仲間や、岡本の姿を、理也は思い出す。

あれが精神的に『殺された』ということだろうか。

（心をなくしてしまうのか）

そうしなければ、自分は東吾のそばにいられないというのか。

――東吾の役に立つのであれば、どんな手酷《ひど》い扱いをされ、辛くても、痛くても、構わないと、理也は本当に心から願っている。

だがもし東吾のことを忘れてしまうのであれば、それはあまりに悲しすぎる。

（我儘《わがまま》だ）

今のままでは東吾の役に立たないのに、それよりも自分の気持ちを優先して、嫌だと思ってしまう。

何でもすると誓ったのに、嘘つきだ。

（こんなふうだから、東吾さまのものになれないんだ）

理也は打ちのめされた気分になって、立っているのも辛くなり、またカフェの椅子に腰を下ろした。溢《あふ》れ出てくる涙を止められず、テーブルに突っ伏す。

「可哀想に。きっと東吾から都合のいいことばかり聞かされて、騙され続けていたんだろう」

慰めるように秋野の手が背中を撫でるが、自分の悲しみに沈んでいた理也の耳にはその言葉が届かなかった。

「混じりものは、人には狐の血を忌まれ、狐からは自分たちを縛る人の仲間だと敬遠される。誰とも馴染めず孤立する。——東吾はきっとおまえの寂しい心に上手に入り込んできただろう。ゆっくりと手なずけて、貴重な化け物を自分のものにするために」

秋野の声は聞こえているのに、意味はわからないままだ。理也はただ悲しかった。

「でも俺なら、おまえに力の使い方を教えてあげられるんだよ」

理也が泣きじゃくる合間に、その言葉だけが、いやにはっきり頭に染みこんでくる。

泣き濡れた顔をのろのろと上げ、自分を見る理也を見返し、秋野がにっこりと満面の笑みになった。

「じゃあ、行こうか」

秋野の声音に唆《そそのか》す調子が宿っていたことに、理也は気づけなかった。

きちんと力を使えるようになれば、東吾を拒むことなく、彼のものになれるかもしれな

い。

その思い込みだけが理也を動かし、小さく頷きを返すと、カフェを離れる秋野のあとをふらふらとついていった。

◇◇◇

秋野が理也を連れていったのは普通のマンションだった。

普通、というにはずいぶんと高層で、高級な造りをしていたが、竹葉家のようにいかにも修行の場という感じでもなかったので、理也は何となく落胆した。

その最上階の最南端が秋野の暮らしている場所のようだった。とにかく広くて開放的な造りで、見晴らしもいい。広すぎるリビングの中に螺旋《らせん》階段があり、上層に繋がっている。何を生業とすればこんなところで生活できるのか、理也には見当がつかなかった。

「おまえは心が萎縮しすぎている」

理也は秋野に言われて服を着替えさせられた。日頃身につけるのは制服か養父母が用意した何ということもないシャツやジーンズばかり、そうでなければ竹葉家で着る着物くらいで、服装や流行に一切興味もこだわりもない理也だったが、それでも秋野に手渡された服が相当高級なのだろうということは、着心地と仕立てのよさでわかった。というより、何となく、この人が安いものを与えるはずがないだろうという妙な確信があったせいかもしれない。

(何で俺のサイズに合ってるんだろう……)

服にはタグがついていた。秋野はわざわざ理也のために着るものを用意していたということだ。

「もっと思うままに振る舞うべきだ。自分がないから主と繋がることができない。――まあ、より強く自我を持つことができれば、主に頼ることもなく生きていけるんだけど」

秋野は理也が元々着ていた服を、そのままゴミ箱に放り込んでしまった。あれは、三枝の養父母が買ってくれたものだ。金を出したのは東吾かもしれない。

理也が慌ててその服を取り返そうと手を伸ばすと、秋野がそれを阻んでゴミ箱を蹴りつけた。アルミか何かでできたゴミ箱が、けたたましい音を立てて部屋の隅まで転がっていく。

「おまえはもっと自分というものを持たなくちゃいけない。一旦、竹葉のことは忘れなさい。この家で、俺の前で、ただの理也として暮らすんだよ」

「……でも……」

そんなことができるのか。理也は今この瞬間、三枝の養父母に何も知らせず家を出てきたこと、それがすでに東吾の耳に入っているのではということばかり気にしている。

（何で、ついてきちゃったんだろう）

三枝の家から誘い出された時と同じだった。たしかに自分で「行こう」と思ってはいたが、なぜそう思ったのか、なぜそう思うことに疑いを抱かなかったのかが、あとになって不審に感じる。

（狐の力……）

これが秋野の『特別な力』なのだろう。

その力の使い方を、秋野は理也にも教えてくれていると言っている。

理也はどうしてもそれが欲しかった。

「三枝の家に、連絡させてください。急にいなくなったら、心配すると思うから」

しばらく秋野の許で修行のようなことをする必要があるというのなら、そうするしかない。だが養父母に無断で家を出てきたことが気に懸かって理也が言うと、秋野が何か嘲笑うような顔になった。

「自分を監視し続けていた人間にそれほど義理を立てたいか？」

「監視……？」

「言っただろ、混じりものが他の狐使いの手に渡るのは竹葉にとって都合が悪い。かといって混じりものを屋敷に置きっ放しにするのも不愉快だ。だから外に追い遣って、力が使えるようになるまで、家族のふりで監視させる。おまえはどこにいても一人で行動していたということはほとんどあるまいよ。三枝の二人が影でしっかり監視していただろうし、それは全部東吾が命じたことだ——うーん、何をしたらこんなみっともない頭になるんだろう？」

言いながら、秋野が理也をソファに座らせると、その髪を無造作につまんだ。どこから取り出したのか、櫛《くし》を使って髪を梳《と》かし出す。

理也は秋野に言われたことも飲み込めないまま、髪を弄られた。自分の身なりに大して興味のない理也は、清潔でさえあればいいと、髪型なんて気にしない。運動部だから短く刈ることを推奨されてはいたが、人に髪を弄られることは苦手だったので、理容室に行く回数は極力減らしていた。

今も、秋野に後ろから髪を梳かれ、またどこから取り出したのか鋏《はさみ》を使う音を聞いて、がちがちに身を強張らせる。どうして自分が急に散髪されているのか、まったく意味がわからなかった。監視だのという不穏当な言葉について聞きたかったし、自分で考えたいのに、秋野の動きに気が取られてままならない。

「せっかく綺麗な見てくれを持ってるんだ、狐の力に頼るまでもなく、その外見で人を誑《たぶら》かすやり方を覚えた方が楽だし愉快だぞ？　今のままじゃその辺の野狐と一緒だ」

綺麗な見てくれなどと言われて、理也は困惑する。自分がそんなふうに言われる容姿だと思ったことがない。

「やっぱり自覚もないのか。おまえはね、理也、狐の時も人の時も美しいんだよ。東吾がおまえに執着するのもわかる。あとはもっと色を知れば、力を使うまでもなくおまえの存在だけでそれなりに人を操ることができる。俺みたいにね」

秋野は好きなだけ理也の髪を弄り、満足がいったのか、ようやく櫛と鋏を動かす手を止めた。

「まず自分を知ることだよ。おまえにはもう人の心を動かす力が宿っている。最近、周りの人たちのおまえに対する態度が変わっていないか？　おまえに近づいて、歓心を買おうとする輩《やから》が増えただろう？」

理也の頭に真っ先に浮かんだのは、岡本のことだった。部室で体を触られた時、ただ嫌がらせの続きをされているような気分でいたが、今はそうじゃないことがわかる。

やけに周りから声をかけられるようになったことも思い出した。以前よりも理也の意志がはっきりしたから周囲の人たちの目に留まるようになったというだけでなく、理也が彼らの気を惹く存在になったということなのか。——秋野が周り中の注目を集めていたように。

「自分の魅力について自覚する。それを自信に変える。多少は傲慢《ごうまん》になった方がいい。美しいものに支配されて喜ぶ類《たぐい》の人間は結構多い。竹葉家が本当に怖れているのはそれだ。竹葉のものであるという証を持たない狐に、逆に自分たちが魅了されて思いのままに操られてしまうこと。そうなる前におまえを屈服させたいのに、うまくいかずに焦っている。だから手がつけられるうちに、おまえの意志を殺そうとしている」

では、やはり、竹葉家に決して逆らわず、東吾が命じてくれれば彼のために働くと証明できれば、心を殺されることなく、東吾のそばにいられるということなのだ。

(俺が俺の意志で、人の心を動かすことができるようになれば)

自分の魅力、というものは正直ぴんとこなかった。自信を持つということも。

ここで秋野と一緒にいれば、それが手に入るというようなことを、彼は言っている。

(でも……何だか、この人のところにはいない方がいいような気がする)

引っかかるのは、家を連れ出された時、それにここに連れてこられた時のことだ。それこそ、秋野の思い通りに誘導された気がする。秋野は理也の味方であるような素振りをしているが、本当に味方だったら、そんなことをするだろうか。

何より東吾の知らないところで他の誰かの言うままになることが、理也には受け入れがたかった。

「――やっぱり、俺、家に帰ります」

だからとにかくここを出ようと、理也はソファから腰を浮かそうとした。

だが、できなかった。

「ふうん。思った以上に強情だな」

さっきまで理也の後ろで髪を弄っていたはずの秋野が、いつの間にかソファの前に回り込んでいる。

秋野は身を屈め理也の顔を覗き込むようにしていた。

その目を見てはいけないと、頭のどこかが警告を発しているのに、理也は彼の瞳から目が逸らせなかった。

「しょうがないな。もうちょっと遊んでからにしようかと思ったけど、あんまり時間が掛かって邪魔が入ったら元も子もないし、力ずくでやらせてもらおうか」

ぐらっと、頭の中が揺れた。目の前が赤黒く染まる。秋野の瞳と同じ色だった。

激しい眩暈《めまい》にしばらく苦しみ、それが収まった時、理也は自分が何か柔らかいものの上に寝かされていることに気づいた。

リビングから移動している。薄暗い部屋。寝かされているのはベッドの上だ。理也はまだくらくらする頭を押さえ、呻きながら体を起こそうとした。だが叶わなかった。

「東吾はさっさとおまえを抱いてしまえばよかったのに」

秋野が、体の上にのしかかっている。部屋の中でも着っぱなしだったコートは脱いであり、上半身は何も身にまとっていない。その肌が、薄暗い寝室の中でほのかに光っているように見えた。青白い光。笑って見下ろしてくる秋野はこの世のものじゃないと思えるほどに綺麗で、理也は身震いした。みとれたわけではなく、ただただ怖ろしかった。

そして彼の左胸に、うっすらと花の形をした痣のようなものが浮かんでいることに気づいて、驚く。

火野についていた痣よりも、秋野のものはずっと薄い。それに、まるで何度も指で抉り取ろうとしたかような痕が大きく左胸についていて、そのせいで花の形は歪《いびつ》だった。

「――本来なら、これを見たやつは殺してやるところだがね。おまえはまあ、特別だ」

理也の視線に気づいた秋野が、口の両端を大きく持ち上げて言う。

「一度は竹葉に縛られたが、縛った男が死んだから、力が弱まった。東吾やあれの父親では俺を縛り直すことはできなかった。なのにこの痣が消えないことは、本当に、屈辱で仕方がないんだよ」

秋野に与えられたシャツを、秋野自身が引き裂くように理也の体から剝ぎ取っていく。理也は呆然と目を見開いたまま、自分の手脚の自由が奪われていることにやっと気づいた。何かで縛られているわけでもないのに、思うように動かせない。

「理也は、名を与える以上に狐使いが狐を縛る方法を知ってるかい？」

問われて、首を横に振ったつもりだったが、やはり体が動かない。それでも、秋野は理也の反応を読み取ったようだった。

「狐を犯すんだよ。体を繋げて、狐使いの力を狐に注ぎ込むことで、より深い結びつきが生まれる。お互いがお互いの力を高め合い、狐も狐使いも、本来持っている以上の力を得ることができる。その時の交わりは、狐にとっては勿論、狐使いにとっても信じがたい快楽になるんだ。……本当に、気も狂わんばかりだったよ」

ひたりと、秋野の手が理也の頰に触れる。笑う秋野の姿は綺麗なだけではなく、淫猥《いんわい》に見えた。『狐の性は淫乱だ』と言った東吾のことを、理也は思い出す。

「だが行為を繰り返すことで、狐が主の力を吸い尽くすことがある。快楽に溺れた狐使いを、力を得た狐が殺すこともある。そうやって死んでいったのが、竹葉の前の当主さ」

「……東吾さま、の……」

「そう、父親だ。馬鹿な男だったなあ、自分の父親のお下がりの狐に名を与え直しても、うまく縛ることができなかったから、体を繋げることにした。俺は従順なふりであの男に抱かれて、もっと力を手に入れた。それで、殺してやった」

ことをもなげに言う秋野を、自分の意志では瞼を閉じることもできない目で見つめながら、理也は出会った頃の東吾のことを思い出した。

あの頃の竹葉の屋敷は慌ただしい空気だった。死にかけの理也が東吾に匿《かくま》われ、彼の部屋でうとうととまどろむ間にも、人々の気配がざわついているのが伝わっていた。

そのうちに、東吾は父さんが死んだと言って泣き、理也は必死にそれを慰めた。

(この人が、殺したのか)

「ついでに他の人間も狐も殺してやったよ。ああ、最近も何匹か狐を殺してやったかな」

笑い続ける秋野に、理也はまたぞっとした。

性悪狐、と御蔵が吐き捨てるように言ったのは、秋野のことだ。

火野の兄弟を殺したのも、秋野なのだ。

「どうして……」

「どうしてって、そりゃあ、俺が竹葉家が大っ嫌いだからさ。一度でも俺の自由を奪ったあの家を、血筋すべてを許さない。全員殺す。竹葉家に仕える狐も殺す。こっちは慈悲だ。人間なんぞに仕えて一生を送らなければならない狐が可哀想だろ。だから、解放してやるんだ」

「……俺のことも？」

秋野の掌が、理也の頬から首に移っている。自分も、竹葉の狐になりたがっているから殺されるのだろうか。だが思い通りにならない体では、その手に触れるだけで精一杯だった。

「いいや。おまえには、俺の復讐を手伝ってもらうんだよ」

笑った秋野の顔が、視界の中で大きく広がる。

嫌がって首を逸らそうとしたが、間に合わず、秋野の唇が理也の唇に押しつけられた。すぐに、生温かい舌が口内に潜り込んでくる。

「ん……っ」

東吾以外の人にこんなことをされるのが、理也には耐えられなかった。全身を拒否感が駆け巡り、涙が滲んでくる。

秋野は理也の漏らす呻き声などお構いなしに、ねっとりとした動きで理也の口中を蹂躙《じゅうりん》した。

触れられた唇から、絡められる舌から、じわじわと熱の塊が注ぎ込まれてくるのを感じる。東吾と接吻けを交わした時にもあった感触。

ただ唇を奪われているという以上に、もっと大事な部分を穢されている気がして、理也は叫び出したくなった。

「いや……っ、……やだ……！」

秋野の唇が耳許に移動する。解放された口で声を上げても、喉も強張っていて、掠《かす》れた悲鳴にしかならない。

(何で？　どうしてこの人が、東吾さまと同じことを)

混乱する理也の耳に、秋野の笑い声と吐息が掛かった。ぞくぞくと震える体に、嫌悪だけではない感じが混じっている気がして、理也は目の前が暗くなる。

「俺も混じりものなんだよ」

肩から、胸の辺りを掌で撫でられた。指先が探るように動く。

「竹葉の血が混じった狐だ。それとも、狐の血が混じった狐使いと言うべきかな」

小さな胸の突起を見つけ出して、秋野の指がそれをつまみ上げる。

「……ぁ……ッ」

触れられたところが痺れる。それが間違いなく快楽に繋がって、理也は泣きたくなった。

「自分の父親が狐に産ませた兄弟を抱くっていうのは、どんな気分だっただろうなあ」

理也の反応を面白がって眺めるような顔で、秋野が何度も理也の乳首を捏ねる。

時々脇腹をなで上げられ、またきつく、緩く、胸の尖《とが》ったところを弄られると、理也は小さな震えが止められなくなった。

「や……、……あ……」

「東吾にもちょっかい出してやろうと思ったが、あいつは貧相な子狐に、出会った時から夢中でね。思ったよりは手強い。その子狐を従わせられないから、竹葉のやつら、東吾自身も、力が足りないと思い込んでるようだけど」

もう一度唇を唇で塞がれた。その感触がどうしても気持ちよくて、進んで唇を開き秋野を受け入れそうになる。そんな自分に気づいて愕然《がくぜん》としてから、理也はどうにか歯を喰い縛ろうとした。だが秋野の舌はやすやすとまた理也の口に押し入り、遠慮のない動きで中を探ってくる。

(嫌だ……東吾さま、東吾さま……!)

深く理也に接吻けながら、秋野の手が理也のズボンも剝ぎ取った。下着も脱がされ、理也は丸裸にされる。

「あはは。何だ、思ったよりは堪え性がないなあ」

笑われた意味がわからず、理也が不安は気分で秋野を見上げると、剝き出しになった両脚を大きく開かれた。膝を抱え上げられ、理也は、自分の下肢の間で膨らみかけている性器を目の当たりにして、また目の前が暗くなる。

（東吾さま以外の人に触られて、こんな）

気持ちは拒んでいるのに、体の奥が疼いて止まらない。もっと悦楽に浸りたいと密かに訴えている。

「もうひとつ、東吾の知らないことを教えてやろうか。『リヤ』という名は俺がつけたんだよ」

驚きに目を見開く理也を見返す秋野は、もっと楽しそうな顔になる。

「おまえが生まれてすぐ、思いつきで適当に。おまえはそれを覚えてたんだなあ、まあ竹葉にみつからないよう隠れておまえを育てていた母狐が呼び続けてたせいかもしれないけど」

「……え……何……」

何ひとつ、理也には理解できない。秋野が何を言っているのか。

「最初に名付けたのが俺だから、おまえは東吾の狐にはなれないんだよ。おまえは俺と狐の子で、俺よりは狐の血が濃い。おまえは狐使いにはなれないだろうな、本性が、隷属を望むばかりだから」

「やっ、嫌――嫌だ！」

秋野の手が、性器の根元を指で撫で上げる。身震いしながら理也は悲鳴を上げた。やはりどうしても掠れた声にしかならなかった。

「名前をつけたのも、そもそも狐の女を抱いたのも、単なる気まぐれだ。俺は別に竹葉の血を増やしたいわけじゃなかったし、邪魔になるようなら殺そうと思ってたんだが、おまえの母親はなかなか根性があったな。俺からも竹葉からも逃れて、七年くらい一人でおまえを育てたんだから」

「——ッ」

性器を擦り上げられ、理也は死んでも快楽なんて覚えてはいけないと思ったのに、触れられたところから体中に痺れが走るようで、抗えなかった。

(この人が、俺の、お父さん?)

本当の肉親に出会えた喜びなんて感じられるはずがない。

「どうせ死ぬだろうと放っておいたけど、こんなにうまく育つんだったら、最初からおまえを縛っておけばよかったよ。おまえが東吾の庇護《ひご》下《か》で生き延びていたのに、最近やっと気づいた。夏の間に奪ってやろうと思ったけど、里の狐どもに阻まれた。街に戻ればもっと手出ししやすくなると思いきや、なかなか気配が辿れなくて苦労した。おまえの育ての親も、おまえを隠すのが上手だな」

三枝の養父母が、理也を秋野から守ってくれていたということだろうか。それを秋野は『監視』などと言ったのか。理也はますます、秋野に惑わされて一人でこんなところまできてしまった自分を悔やむしかない。

「おまえが一人でちょろちょろと東吾のところに行ってくれたおかげで、探し当てることができた。おまえの力が急に強まっていたしね。おまえの住む家には小賢《こざか》しく結界が張られていたから入り込むことはできなかったけど、おまえが外に出れば何の問題もなかったし」

「……も……やだ……離せ……」

笑って話し続ける秋野の声に、ぐちゅぐちゅと水音が混じっている。秋野の手に擦られて、理也の性器の先端からはだらしなく先走りの体液が流れ出て、秋野の指を濡らしていた。ひどい話をされているのに、ひどい事実を教えられているのに、理也は全身をびくつかせながら快楽を感じ続けている。

「俺は混じりもののせいか、名付けるだけじゃおまえを縛りきれなかったらしくてな。だから今改めて、おまえが欲しがっていた力を俺がくれてやる。おまえは、東吾じゃなくて、俺のものになるんだよ、理也」

理也、と名前を呼ばれた途端、抗おうとする理也の気持ちが萎えた。

自分の心が秋野の方に向くのがわかる。愛情も、恋しいと思う気持ちもまるでないのに、秋野のことしか考えられなくなる。

胸の奥の方に大切にしまっておいたものを、力ずくで引き摺り出され、秋野の赤黒い瞳の色に染められる感じがする。

(嫌だ)

殺されるよりひどい仕打ちだとしか思えなかった。

秋野が理也の細い腿《もも》を片手で摑み、高く掲げさせる。秋野の爪が喰い込んで痛い。痛む場所から、じわりと、血が滲むように赤いものが広がっていく。

(徴が――)

ずっと止まらない涙で霞む視界の中に、理也は自分の内腿に赤い痣が刻みつけられていく様を見た。叫びたいのに声が出ない。

誰かの名前を呼んで、その姿を頭に呼び起こしたかったのに、それが誰なのかわからなくなる。

「理也」

秋野の声が頭の中で響く。

痣の上に唇をつけられて、吸い上げられると、全身にたまらない快楽が広がった。

「あ……、……ん……」

笑い出したくなる。

何も考えずに、笑ってその快楽に身を委ねれば、楽になれる気がした。

「……ふ……」

そしてそのまま、理也が息を吐くように笑い出しかけた時。

「……!?」

部屋の向こうで、衝撃音が響いた。何かが叩き壊されるような音。秋野が理也の腿に伏せていた顔を上げ、素早い動きで背後のドアの方を振り返る。

理也も焦点が合わなくなりかけていた目で、秋野と同じ方を見ようとした。

瞳を凝らす前に、ドッとまた凄まじい音が立ち、黒い塊が目の前を過ぎっていった。

「ぐ……ッ」

苦しげな低い声がして、理也がのろのろと壁の方に首を巡らせると、秋野が倒れていた。

「——理也」

その声で名を呼ばれた時、自分ではろくに動かすことのできなかった体が、見えない鎖を解かれたように、ふっと楽になった。

自分の名を呼んだ人が誰なのか理解する前に、理也は驚きで止まりかけていた涙をまた両眼から零した。

「……貴様ァ……東吾……ッ」

余裕をなくした秋野の声がする。秋野は倒れ伏した体で顔だけ上げて、唇から血を流している。苦悶《くもん》の表情を浮かべていた。

理也は秋野から、秋野が憎しみに満ちた目で睨みつけている人の方に目を移した。

東吾は秋野の視線を無視して、理也の横たわるベッドに近づくところだった。東吾は片手に刀を握っている。竹刀ではなく、抜き身の刀だ。刀身は薄暗い部屋の中で鈍く銀色に光っている。刀には赤い血と白い獣の毛がついていた。

剣を握る東吾は屋敷にいたような袴姿で、上に羽織をつけている。東吾がその羽織を脱いで、理也の裸の体にかけた。

「……東吾さま……」

東吾は理也を一瞥すると、すぐに顔を逸らし、秋野の方に向けた。

それを合図のように、東吾の背後から細く空気を裂く音がいくつも沸き起こった。秋野が悲鳴を上げる。その体に数本の矢が刺さっていた。

東吾の後ろでは、三枝の養父が弓を持ち、数本まとめて矢を番《つが》えている。

「首を狙え。殺していい」

低く命じた東吾の声が終わる前に、もう一度矢が空を割いて走る。その矢尻が秋野の首を貫く寸前、その姿が消えた。

——いや、秋野の姿があったはずのところに真っ白い大きな狐が横たわり、養父の放った矢は壁に突き刺さっている。

『ひどいな……これが、伯父にすることかよ』

息を切らした白狐が嗤《わら》いながら言う。肩から背中にかけて斜めに刀傷が走り、白い毛並みを赤く汚していた。腕と肩の辺りに矢が刺さっていて、そこからも血の色が染み出していた。

「黙れ、死に損ない」

東吾は怒りに満ちた目をしている。

理也はまだうまく力の入らない体を、どうにかしてベッドの上に起こした。

東吾が秋野に近づき、その首根っこを摑んで体を持ち上げる様子をぼんやり見遣った。

「今死ななかったことを悔やむような、おまえにとってもっと屈辱的なことをしてやる」

間近で秋野を睨みつけながら言った東吾の言葉の意味は、理也にもわかった。秋野が東吾を嘲笑う。

『はっ、できるわけがない。おまえに、俺を縛ることなんて』

「どうかな。このままもっと痛めつけて、苦痛と快楽しか感じられないようにしてやれば、おまえのような化け狐だって抗えはしないだろう——今だって心地いいんじゃないのか、先々代につけられた徴のおかげで」

チッと、舌打ちするような音が、秋野の口から聞こえる。

「理也に手を出した報《むく》いだ。死んだ方がマシだというくらい——」

「や……やめてください……」

これまで聞いたことがないほど怒りに低くなる声で秋野を恫喝《どうかつ》する東吾を、理也は、半泣きで止めた。

理也を振り返る東吾は、きつく眉を顰めていた。

「どうして止める？　……この狐を庇うのか、おまえは」

『そりゃそうだ。理也にとって、俺は父親だぞ。なあ、理也？』

さらに怒りを声と表情に滲ませる東吾にも、どこか勝ち誇ったようなふうに言う秋野にも、理也は首を振った。

「東吾さまは、その人に、東吾さまのお父さんと同じことをするんですか」

涙を散らしながら理也が言うと、東吾が虚を突かれたような顔になる。

「……理也。おまえにとってはひどいことだと感じるんだろうが、この男はこれまで何人も竹葉の人間や狐たちを殺して、傷つけて、放っておけばこれからも」

東吾は、理也の問いが、狐としての糾弾《きゅうだん》に聞こえたらしい。

どこか弁解のようになる東吾の言葉に、理也はまた大きく首を振った。

「でも嫌なんです。俺以外の人に、そんなことしないでください……あんなの……俺以外の狐に、しちゃ嫌だ……」

東吾が秋野を抱くなんて、理也には考えたくもなかった。

さっき秋野が自分にしたみたいなことを、東吾が秋野にするなんて少しでも想像したら、胸が痛くて苦しくて、秋野にされたことを思い出すより辛い。

顔を覆って泣きじゃくる理也に、東吾が返事に困ったような顔になり、秋野も毒気を抜かれた様子で東吾を睨むのをやめた。

『馬鹿馬鹿しい』

秋野の呆れきった声のあと、ガラスの砕けるような音が響いた。理也が驚いて顔を上げた時には、部屋の窓ガラスが割れ、秋野の姿が消えていた。

「追います」

東吾が命じるより早く、三枝が部屋から駆け出ていった。入れ替わりに、茶色い影がいくつか部屋に滑り込み、割れた窓ガラスを潜って外へと飛び出る。火野たちだ、と理也には気配でわかった。竹葉の狐たちも来ていたのだ。

「――理也」

部屋には、理也と東吾だけが取り残される。東吾がすっかり怒りの消えた声で、理也の名を呼ぶ。血で汚れた刀を懐紙で拭い、腰の鞘《さや》に収めてから、理也の方へ歩み寄ってくる。

理也は近づいてきた東吾に飛びつきたい衝動に駆られたが、ふと剝き出しの自分の脚が目に入り、踏み止まった。

抱き締めてくれようとする東吾の腕からも、身を縮めながら逃れた。

「理也？」

不審そうな東吾を見上げながら、理也は顔をぐしゃぐしゃにしてまた泣かずにはいられなかった。

――理也の内腿には、秋野につけられた赤い徴が浮かんでいるのだ。

7

散々泣いて、泣きじゃくって、そのうちに理也は眠り込んでしまったらしい。

気づいた時には大きな車に乗っていて、後部座席に座る東吾の膝の上に頭を載せていた。泣きすぎたせいで目が腫れて塞がっていたが、東吾の手が優しく頭を撫でてくれたことに少しだけ安心して、また寝入った。

次に目を覚ました時には、覚えのある部屋に横たわっていた。

「狐臭い」

吐き捨てるような男の声が聞こえた。

「こんな臭いのついた狐を中に招き入れるなど、お館様はどういうおつもりか」

理也は布団の上に寝かされている。声は外の方から聞こえてくる。

(東吾さまの離れ家……)

竹葉家に連れてこられたのだ。日が暮れて暗くなった前庭の方から、東吾と、御蔵たち数人の男の気配がする。言い争っているようだった。

「顕現させたのがあの性悪狐なら、一刻も早く魂を殺してしまうべきです。あの狐は取り逃したんでしょう、内と外から同時に襲撃されたのでは、どんな被害を受けるものか」

「あの狐は三枝と火野たちが追っている。深傷《ふかで》を負わせてあるから、逃げたところで当分は動けまい」

「では彼奴のことはひとまずいい。だがお館様が連れ込んだ混じりものの始末は絶対にすべきです。あの性悪狐の言いなりになって、いつ暴れ出すともわからないというのに」

自分の扱いについて、東吾が詰め寄られているらしい。

理也は腫れぼったい目を指先で押さえた。何だか指が妙に温かく、気持ちいい気がしてそのまま押さえ続けると、腫れが引いてきた。それができる自分に、大して驚きはしなかった。

(狐の力が使える)

怪我をした火野たちが寄り添っている姿を理也は思い出した。やはり自分も傷を癒す力を持っているらしい。

泣きじゃくったせいか頭が重たかったが、神経は妙に冴えている。庭にいるのが東吾の他に五人だとか、庭以外にもさらに三人が弓や真剣を構えて離れ家を取り囲んでいるだとかが、目で見たわけでもないのにはっきりわかった。皆、理也に対して敵意と怯えを抱いていることも。

もっと遠くの方では、狐のいる気配もする。里の狐たちだろう。彼らも今、理也の存在を感じてくれているだろうか。

（秋野《あのひと》の力か……）

理也は白い着物を着ていた。東吾が着せてくれたのだろう。着物に東吾のぬくもりが少し残っている気がして嬉しかった。

だがすぐに重たい気分になって、理也はその着物の裾をそっと開いた。こわごわ見下ろした先、内腿に、指で押したような痣が浮いている。

（これを抉り取ったところで、意味はないんだよな……）

秋野の胸には、おそらく彼が自分で何度も痣を取り除こうとして抉った痕が残っていた。その痣は少し薄くなってはいたものの、彼が竹葉に従わずに生きていられるのは、徴をつけた竹葉家の先々代が亡くなったからだ。徴が薄れたからではない。支配が薄れたから徴も消えつつあるのだ。

理也の肌に刻まれた痕は、秋野や火野たちのような花の形を完成させてはいない。多分、完全に秋野の支配下に置かれたというわけではないはずだ。

「理也は私が縛り直す」

口々にわめき立てる男たちに向けて、東吾がはっきりとそう宣言した。

それが聞こえて、理也は喜びに声を上げそうになった。

「まだ完全に顕現したわけじゃない。今のうちなら私が徴をつけ直すこともできるだろう」

「――これまであの子狐を顕現させられなかったのに、ですか」

微かに嘲る響きが、問う男の声に混じっている。理也は今度、カッとなって、前庭に飛び出したい衝動に駆られる。

「まさか先代と同じ轍《てつ》を踏もうとするのではないでしょうな」

言外に、東吾の父親が秋野と交わったことを詰っているのがわかった。そのせいで東吾の父親は死に、秋野はより大きな力を得てしまったのだ。

「そうはならない」

詰め寄る男たちに、東吾は揺らがない調子で断言している。

「だが万が一そうなった時には、私と理也を殺せばいい」

言い切った東吾に、さすがに男たちの間に動揺した空気が流れる。

「何にせよこのまま理也を放っておくことはできない。朝まで猶予をもらおう。どうしても後始末をする気なら、その支度をしていたって構わない。無駄に終わると思うが」

男たちはまだ何か小声で不満げな声を漏らしているようだったが、東吾はそれを放って理也のところに戻ってきた。

身を起こしている理也を見て、東吾が微笑む。

「目を覚ましたか」

「……はい、あの……」

口を開いたものの、理也は東吾に何を言っていいのかわからない。東吾はそんな理也の腕を摑んで、床から引っ張り上げると、そのまま横抱きにした。

「と、東吾さま?」

「風呂を支度させてある。行こう」

理也は、こくりと頷きを返した。岡本の時も、頭から水を浴びせられ、身を清めさせられた。きっと今度もそうだと思ったのに、東吾が理也を運び込んだのは、離れ家にある風呂場だった。

風呂場は一人で使うには広すぎるくらいで、木造の浴槽は東吾と理也が二人で入ってもまだ余裕がある。東吾は湯を使って理也の髪や体を洗って、理也を抱きかかえるように湯船に浸かった。

「本当はずっと三枝たちが羨ましかったんだ」

自分でやりますと何度言っても東吾は理也の体を丁寧に清めてくれて、それが理也には恥ずかしく、申し訳なかった。湯船の中で背中から抱き締められても、身が縮んでしまう。

「私は大っぴらに理也の世話ができなかったからな。ほんの子狐の頃は、こっそり持ち込んだ盥《たらい》の湯で毛並みを洗ってやったりしたんだが」

「……少し……覚えてます、すごく、気持ちよかった」

今も、よく泡立てた石鹸《せっけん》とタオルで体を擦られたり、髪を洗われたりするのは、気持ちよかった。

でも秋野につけられた徴のことが気懸かりで、それを堪能することはできない。

東吾が、理也の肩に温かい湯を掛けながら訊ねてくる。理也は小さく頷いた。

「理也、夏の頃よりも背が伸びただろう」

「九月の始めに測ってから、もう少し伸びた気がします」

「その割にあまり体重は増えていないようだな」

腹に腕を回されて、理也は身を竦めた。脇腹に東吾の指が掛かると、体が震えてしまい、誤魔化すために慌てて髪から水気を払うように頭を振る。その雫《しずく》が東吾の顔に飛んでしまったらしく、笑い声が聞こえた。

「人の姿をしていても、狐みたいだな」

「ご、ごめんなさい」

さらに小さくなる理也の濡れた髪に、東吾が鼻面を埋める感じがする。

「あの……東吾さま……」

東吾は、怒っているのではないだろうか。岡本に襲われたあと、ひどく叱責された。無防備すぎると厳しく言われた。その翌日にこれだ。東吾が怒って、呆れて、見放しても不思議はないだろうと、理也はずっと怯えている。

そのうえ秋野に徴をつけられるなんて。

「怖い思いをさせてすまなかった」

だが東吾は、理也の後ろ頭に唇をつけたまま、そう言った。

「――私は自分が父と同じく、アキのような狐を生み出してしまうことを怖れていたんだろうな」

「アキ……？　秋野さんですか？」

お父さんですか、とは聞けなかった。あの狐が自分の父親だと知っても、実感がないし、あまり認めたくもない。東吾の敵なのだ。

「そう。名を与えたのは祖父だ。狐との間に子を持つのは絶対の禁忌《きんき》だったから、本当は産むべきではなかったのに……祖父も情が移ったんだろうな。こっそりと産ませたうえ、名前まで与えてしまった。幸いなのか、むしろ不幸なのか、祖父の力が強かったからアキを従わせることができたけれど、祖父が亡くなったあとは悲惨だったらしい。アキは最初から、竹葉家を恨んでいた」

竹葉の血筋を許さず、全員殺すと、秋野は言っていた。

「祖父の跡を継いだ父にまるで従おうとしないアキに手を焼いて、アキに妻と娘……私の母と姉を殺されたところで、父はアキを力ずくで縛ることにした。……あるいはアキの方から持ちかけたのかもしれない。父は最後まで話してくれなかったから、真実は私にはわからないが……あの狐に魅入られてしまったことはたしかだ。結局父の力も吸い尽くしたアキは、竹葉から逃げ出して行方を眩《くら》ませた。父はもう衰弱していくばかりだった」

「……俺が、あの人の子供だって、東吾さまは最初からわかってたんですか？」

怖くて聞こうか迷っていたことを、理也は思い切って訊ねた。

東吾が頷く。

「自分は父のようになるまいと思っていた矢先に、理也を拾ったんだ。白い狐は珍しい。アキしか見たことがなかったし、理也からはアキの匂いがした。他の者には伝えていないが、アキの筋だとは皆気づいているだろう」

「……その時、俺のことを、殺していれば」

そうすれば、竹葉家に降りかかる災難のひとつは消えたのだ。御蔵や他の人間たち、それに火野たち狐が自分を嫌う理由が、理也も今はわかりすぎるくらいにわかる。

「考えなかったわけじゃない」

答えながら、理也を怯えさせまいとするように、その腹を抱き締める東吾の腕に少し力が籠もった。

「でもそうするには、おまえはあんまりに可愛かったんだよ、理也」

今度は、理也の肩に東吾が頭を載せる。その頭をどうしてか撫でてあげたい気がして、理也は戸惑った。

「アキの存在は邪悪で、魔性としか言いようがなかったのに、理也は本当に可愛かった。痩《や》せこけて毛もパサパサだったのに、抱き上げた時に身をすり寄せてくる仕種が愛しくて」

東吾の手が優しかったことを、理也は思い出す。東吾に拾われた時。

怖がる必要はない、安心しなさいと、繰り返し言って頭や背を撫でてくれた。

「――自分が結局父と同じ轍を踏んでいるのではと、迷う時もあった。理也が最初から愛しくて、最初から大事だったのは、おまえの持っている力のせいなんじゃないかと」

そんなことはない、と理也に否定することはできなかった。

理也は自分でも知らないうちに秋野に名を与えられて、その力を受け継ぐことがあったのかもしれない。

「だが何も知らないまま一途に私を慕ってくれる理也を見ていたら、どうでもいいような気がしたんだ」

「『どうでもいい』……？」

「どんな事実や因縁があったところで、私に理也は殺せないし、手放せない。前にも言ったが、理也が顕現しないことを喜んでもいたんだ。私は理也が大事だし、理也も同じように思ってくれているのを知っている」

「……でも」

「でも、昨日、どこの馬の骨とも知らない男に襲われた理也を見た時、嫉妬にかられておまえを力ずくで自分のものにしそうになった。あの時そうなることを望んでいたのが自分なのか、理也なのか、今でも私にはわからない」

「……」

自分だったんじゃないか、と理也は思う。あの時どうしても、東吾のものにしてほしいと願ってしまった。

「それで怖じ気づいたんだよ、私は。父と同じ過ちを犯せば、竹葉家は終わるかもしれない。けど——おまえがアキに連れ出されたかもしれないと三枝から連絡が来た時、すべて悔やんだ。アキに組み敷かれている裸の理也を見た時、思ってしまったんだ。なぜ躊躇したのか。なぜ最初から、理也を自分のものにしておかなかったのか。たとえ理也がアキと同じような力を同じ強さで持ったとしても、迷う必要などなかったのに」

「……もし俺に、東吾さまを自分の思い通りにできる力が本当にあるとしたら」

理也は俯いて、湯に浸かった自分の脚を見下ろした。その脚に浮かぶ小さな痣を。

「東吾さまが俺のことしか見ないようにします。……秋野さんと、へ、へんなことしないように、お願いをします」

狐使いと狐が交わることをどう表現していいのかわからず、文字通り変な言い方になってしまうと、後ろで東吾が小さく噴き出した。

笑われて、理也は耳まで真っ赤になる。

「こ、ここは、笑うところじゃないと思いますっ」

むきになって理也が言うと、東吾がさらに笑い声を上げた。理也は思わず自分を抱き締める東吾の腕にがぶりと歯を立てた。勿論本気じゃなかった。すまない、と謝る東吾の声は全然悪怯れていなかった。

「――自分が理也に溺れることを怖れるあまりに、理也が決して私を裏切るはずがないということを、見落としていた」

笑いを止め、呟きながら、東吾が理也の脚へと手を這わせる。内腿の痣の辺りに触れられて、理也は隠しようもなく体を震わせた。

「そのせいでアキにこんなことを許してしまった。おまえに他の男がつけた徴があると思うと、気が変になりそうだ」

苦しげに言う東吾の手に、理也も手を伸ばし、ぎゅっと上から握り締めた。

「俺も……東吾さま以外の人に、こんなの……嫌です……」

言うそばで泣きたくなる。秋野に組み伏せられ、体を弄られた時、東吾のことを忘れかけた。秋野のことで頭がいっぱいになりかけた。

もし次に秋野に会って、そんなことが起きたらと思うと、理也だって怖くて頭がどうにかしそうになる。

「……その徴を消して、私のものだという徴をつけ直させてくれ」

きつく抱き締められて言われた東吾の言葉に、理也は迷うことなく頷いた。肩越しに振り返ると、東吾と目が合う。そのまま東吾の顔が近づいてきて、理也は大人しく目を閉じた。軽く触れて、唇を啄み合い、舌で触れ合う。合間に溜息を零したら、東吾が理也を抱いたまま湯船から立ち上がった。

「そろそろ、のぼせそうだ」

理也も同じことを思っていた。東吾は過保護な仕種で理也を抱き上げて、体を拭いて、着物を着せ直すところまでやってくれた。東吾も浴衣を身につけてから、また理也を抱き上げる。風呂場から部屋まで大した距離でもなかったが、理也は東吾に甘やかされるのが嬉しくて、遠慮もできずに自分から相手に身をすり寄せた。

さっきまで寝かせられていた部屋の隣が、東吾の寝室らしかった。寝室には初めて入る。きっちり布団が敷かれているのを見て、理也は少し赤らんだ。天井の灯りは落とされていたが、枕元の読書灯だけは灯っている。

東吾は布団の上に理也を丁寧に横たえた。理也は何だか心臓がどきどきして止まらなかった。東吾が自分の脚を跨《また》いで膝立ちになり、浴衣を脱いでいく姿を、つい目を凝らして見上げてしまう。さっきも風呂場で裸を見たのに、薄暗い部屋で見る肌に、またやたら心臓が鳴った。

（緊張、する）

怖いのが少しと、期待がほとんどだ。東吾に触れてもらうことに、心も体も昂ぶって止まらない。それが恥ずかしい。浅ましいと東吾に思われることが怖くなってきた。

「――アキに、何をされた？」

浴衣をはだけ、帯と一緒に床に落としながら、東吾が訊ねた。理也は少し困って東吾を見上げる。東吾はじっとそれを見返して、理也の返事を待っている。答えるまで許してくれない雰囲気だった。

秋野にされたことを、本当は思い出したくなかった。東吾に教えたくもない。理也はもう半泣きになりながら、それでもどうにか声を絞り出す。

「……口……を、口で、触られました」

キスされたとは言いたくなかった。ただ触れられただけだと思いたい。

東吾は頷きもせず、理也に覆い被さってきた。理也は目を開けたまま、東吾の顔が近づいてくる様子を見上げる。秋野にされたことを、東吾で上書きしてしまいたかった。東吾もそうさせるつもりで、秋野にされたことを言わせているのだろうとわかっている。

軽く唇同士が触れただけですぐに離れると、何だか物足りない気分だった。

「もうちょっと……口の中も……」

消え入りそうな小声で言って、理也が微かに唇を開くと、東吾が再び顔を寄せてくる。舌が潜り込んできた。理也はその舌に触れないよう、自分の舌を逃がす。本当は自分から触れたかったけれど、秋野の動きは一方的だったのだ。

だが東吾は、浅いところで舌を留めたまま、理也の様子を窺うようにしている。

理也は少し痺れを切らして、舌先で、東吾の舌先をつついてしまった。

それを摑まえるように、東吾が理也の舌を吸い上げる。理也は背筋を震わせて、東吾の背に両腕を回そうとした。

その腕を、東吾に捉えられ、止められた。

「アキに、自分から抱きついたのか？」

「……」

手を押さえられたまま、理也は急いで首を横に振った。

「なら、我慢しなさい」

窘めるように言う東吾の声は優しげなのに、理也はそこにうっすらとした怒りを感じた。

（東吾さま……やっぱり、まだ、怒ってる……？）

そのことに怯えるより、理也はぞくりと、快感を孕んだ震えを感じた。嫉妬にかられたと、風呂場で東吾が言っていた。今もそうなのかもしれない。それがわかると、理也は嬉しくて、鳥肌が立ちそうなくらいだった。

腕を押さえられたまま、深く口中を舌で探られる。応えないようにしなければと思っても、理也は東吾と深く触れ合うのが心地よすぎて、どうしても唇や舌を動かしてしまう。

「ん……ん、ぅ……、……ふ……」

苦しそうな、でも甘ったるい声が漏れるのも恥ずかしい。東吾に抱きつけないのがもどかしい。

「――あとは？」

東吾が濡れた唇を少し離して、また訊ねてくる。

「……耳……」

耳も、弄られた気がする。東吾が、小声で答えた理也のこめかみ辺りの髪を指で掻き上げ、剝き出しになった耳に唇をつけてから、それをまるごとぱくりと口に含んだ。

「あっ、あ！」

途端、変に大きい声が出てしまって、理也は焦った。気持ちいいというよりもくすぐったくて、理也は身を捩ろうとするが、腕を押さえられているのであまり動けない。

「ち、違……っ、そういう、触り方じゃ」

「うん？」

東吾は口の中で理也の耳をもぐもぐと食むようにしている。

「も……いいです、そんなに、弄りませんでした……！」

東吾がようやく耳を口の中から解放してくれたとほっとするのも束の間、今度は耳の中に息を吹きかけられ、背が浮くほどぞくぞくと震えてしまう。そのあと急に体から力が抜けた。

「……や……ぁ……」

「やっぱり、理也も耳が弱いんだな」

笑いを含んだ声で呟く東吾の声を聞き止め、理也は涙目になりながら相手を見上げた。

「り、理也もって、何ですか。他の狐にも、試したことがあるんですか」

面白がっていたふうだった東吾の顔が、少し驚いたようになる。

そのあと困ったような、嬉しそうな、どこか甘い表情になったので、理也は微かに腹を立てていたはずなのに、そんな東吾にみとれてしまう。

「ないよ。理也だけだ」

東吾がもう一度、今度は反対の耳を唇で食む。

「狐の姿の時に、この辺りを撫でると喜んだから」

それから目許やこめかみや、喉元を指先でくすぐられた。たしかに狐の姿でいる時、こうして撫でられると気持ちよくて、ひたすら東吾の方へ身をすり寄せてしまう。今も同じだ。気持ちいいのとくすぐったいので身震いしながら、相手の指に自分から頭を擦りつけるような仕種に勝手になる。

「――それで？　あとは、何をされた？」

東吾の指の感触を堪能していたら、また耳にキスをされながら問われた。吐息が当たって震える。

「……首、や、肩を、触られました」

理也の言葉に倣って、東吾の片手が首筋から肩へと下りてくる。反対の手で帯を解き、着物の前をはだけられた。

「あと、もう少し、下……」

腕の方に東吾の掌が滑り降りる。

「……体も……」

脇腹を撫で上げられ、また体がびくついた。

他に触られたところがあるのに、理也はなかなかそれを口にできない。理也がためらっていたら、東吾は手を止めてしまった。

「これで終わりじゃなかっただろう？」

「……」

理也は迷った挙句、脇腹で止まっている東吾の手首を両手で掴んだ。もっと上、胸の辺りに移動させる。顔から火を噴きそうに恥ずかしかった。

「ここも、触られました」

「どんなふうに？」

「……指、で」

東吾の手をさらに動かし、親指が小さな乳首に触れる辺りまで持ってくる。

「つ、つまん、だり」

もう目を開けていられない。血が昇りすぎて火照った顔を持て余しながら、理也は蚊《か》の鳴くような声で東吾に告げる。東吾の指が、理也の乳首を軽く擦ってから、それをつまみ上げる。

「あっ……は、反対も」

秋野には片方しか弄られなかった気がするけれど、収まらなくて、理也はつい嘘をついた。東吾は指で弄る方とは逆側の胸に顔を寄せ、指ではなく舌でつつくようにしてくる。

「あ、ん……ん、……っ……ん」

尖ってきたところを、今度はきつく吸われる。東吾はわざと音を立てているようで、ちゅ、ちゅ、と微かな音がするごとに、理也は自分のついた嘘を恥じながら体をひくつかせた。

弄られるたびにそこが固くなるのがわかる。舌で嬲《なぶ》られ、軽く歯を立てられると、力が抜けるような、でも震えが止まらないような感じになる。尖った部分から痺れるような快感がじわじわと広がる。指でつままれるのも、舌で転がされるのもたまらない感触だった。

「も……っと」

無意識に、理也はねだる言葉を口にしていた。気持ちいいのに、足りない。優しく触れるだけではなく、もっと強い刺激を欲する。

「——アキは、もっと別のことをした？」

問われて、左右に首を振る。

「してない……けど……」

小さく東吾が笑った気配がする。恥ずかしいのに止まれない自分に涙が浮いてくる。さっきから泣きっぱなしだ。東吾がそんな理也の目許に唇をつけながら、指でつまんだ乳首を、さらに強く捻り上げた。

「ひぁ……ッ、あ、……！」

痛みが背筋を貫く。それがすぐに快楽に変わった。もっと、と口にせず思う間に、唇がまた胸に下り、尖ったところにぎりっと歯を立てられた。理也はまた高い声を上げて体を震わせる。

胸を弄られただけなのに、下肢の間にあるものが、すっかり張り詰めていた。東吾はしばらく指と舌や歯で理也の乳首を弄ったあと、身を起こして、理也の脚に手をかける。

膝を折られ、大きく脚を開かされた。手近の枕でも摑んで、体を中心を隠したかったが、東吾が見ているのは理也の上を向いたペニスではなく内腿の痣だということに気づいて、その衝動を堪える。

「——消えないいな」

呟くなり、東吾が理也の内腿に唇をつけた。強く吸われると、ぴりっと染みるような痛みが生まれる。次には歯を立てられて、さらに痛みを感じたが、理也はいっそ痣の浮き出た辺りを噛み千切ってほしいくらいだった。

だが東吾はそんなことはせず、軽く噛みついた痕を見て、もう一度「消えないな」と言っただけだ。

「どうしたらいいですか……」

泣き声で言う理也の腕を東吾が引っ張る。理也はされるまま身を起こし、我慢できずにその背中に腕を回して、自分から相手の唇に唇を押しつけた。濡れた唇や舌で触れ合うと、そこから東吾の熱が流れ込んでくる。それがたとえようもなく気持ちいい。力を与えられ、与えている気がする。

(もっと、繋がりたい)

そう願って疼く体をもぞつかせているうち、理也は東吾の体もしっかりと反応していることに気づいた。硬くなり、上を向いた性器が何かの拍子に手に当たる。その硬さと大きさに驚いて、ついまじまじと見下ろしたら、困ったように笑われてしまった。

「そんなに穴が空くほど見るものじゃないよ、理也」

「……っ」

からかわれて、理也はまた体中赤くなりながら、でもそれに触れたい気持ちが抑えきれない。

「触りたい？」

でもそんなことを口にすれば淫乱だと嫌われる気がして言えずにいたら、東吾の方から唆すように訊ねてきた。理也は逡巡《しゅんじゅん》した挙句、俯いて、こくりと小さく頷いた。

その頭を東吾が撫でる。許された気がして、理也はおずおずと東吾のペニスに手を伸ばした。触れて、撫でてみる。東吾は笑っている。ちょっとくすぐったそうだった。笑われたことに少々ムッとして、理也はもう少し強い力で根元から擦り上げてみた。

「ん」

東吾が微かに声を漏らして、肩を揺らす。その反応が嬉しくて、理也はさらにその性器を擦る。

（これ……キスするみたいに、したら）

思いついたら、止まらなかった。深い接吻けをした時に感じる東吾の力を、同じようにして受け取れはしないかと、理也は大した逡巡もなく身を屈め、反《そ》り返るように上を向いたそのペニスの先端に唇をつけた。

先端からは、透明な雫が滲んでいる。理也はそれを無意識に舌で舐め取った。東吾の体がまた小さく震えて、さらにペニスが大きくなった気がする。嬉しくて、何度もそこに舌を這わした。

「そう美味《うま》いものでもない気がするんだけどな……」

東吾の声が笑っている。照れているようにも聞こえた。理也は恥ずかしいのも忘れて、熱心に同じ動きを繰り返し、足りなくなって、唇を開くと東吾の先端を呑み込んだ。

「う……、……ん」

咥《くわ》えてみると、想像よりも大きくて、なかなか深く咥えられない。先端だけ出し入れして、さらに零れてきた体液をまた舌で舐め取る。これで力を得られているのか、よくわからない。わからないのにやめる気が起きない。

理也が夢中でそうしている間に、東吾が身動ぎして、腰を掴まれた。そのまま高く掲げさせられる。何だか狐の姿になった時みたいに這う格好になった。

「あっ、……ッ!?」

尻を撫でられたあと、狭間に指を這わされ、窄《すぼ》まったところに触れられて、理也は驚いて顔を上げた。東吾が首を傾げて理也を見下ろしている。

「ここは、アキには触られなかったか？」

「さ、触られてません、そんな」

排泄器官だ。なぜそこを東吾が触るのかわからない。でも、東吾のものになるためには必要なことなのかもしれないと、おぼろげに把握する。

「あの……何、するんですか……」

「ここで、理也と繋がるんだよ。今理也が触っているもので」

想像を超える答えが返ってきた。理也は少し怖じ気づく。だって、今この目の前にあるものは、口で呑み込むのも一苦労というほど大きいし、硬いのだ。

「……そうしたら、俺は、ちゃんと東吾さまのものになれますか……？」

これをそんなところと繋げられたら、すごく辛くて、痛いかもしれない。

やめたいとは思わなかったが、聞かずにもいられない。

「多分。強すぎる繋がりができるといわれている」

なら、理也に嫌がる理由はない。

「……痛くても、俺、平気ですから」

決意して頷いた理也に、東吾がまた困ったような笑みを浮かべた。

「そうならないように——」

また腰を摑まれる。頭の向きを入れ替えられ、今度は東吾の方に腰を突き出すような格好を取らされる。やっぱり狐の時みたいだ。狐の姿でいれば何とも思わない格好が、今は泣き出しそうに恥ずかしい。

理也はシーツを握り締めて、逃げたい気持ちを抑えつけた。尻に東吾の掌が当たる。優しく撫でられると、強張っていた体が少し解ける。なのに背中から尻へと繋がる辺りに触れられたら、変に背中が反り返るようになってしまった。

（恥ずかしい……）

まるで東吾の前で腰を振ってしまったようだ。やっぱり逃げたい、と思っているうちに、また尻に東吾の手が触れた。今度は指で狭間を押し広げられ、ぬるりと、生温かいものが押し当てられる。

舌で舐められている。

そう気づいて、理也は結局泣き出した。

「――理也？」

啜り泣く声に気づいた東吾が声をかけてくる。理也はシーツに額を擦りつけるようにして首を振った。

「は、恥ずかしいけど、平気……です」

嫌なわけではない。理也が必死にシーツを握り締めていると、また温かいものに触れられた。指で窄まりを押し広げられ、中に舌が押し入ってくる感じがする。

このために、さっき風呂場で東吾がその辺りを念入りに洗ってくれたのだと、理也は今さら思い至った。体の隅々まで洗われている時は、少し恥ずかしいけれど秋野に触れられた汚れを優しく落とされた気がして、気持ちよかった。性器を洗われた時も、今舐められている場所を洗われている時も、特別なことをされているとは思わなかった。東吾の言うとおり、子狐の頃は盥に張ったお湯で同じように洗われていたのだ。

――なのに今は、恥ずかしくて、恥ずかしくて、それに力が抜けるような妙な感じに翻弄されて、啜り泣きが勝手に漏れる。

「ん……、……ん、ゃあ……」

舌で内壁を探りながら、東吾の手が内腿や腰や尻を撫でる。動いては東吾がやりづらいのはわかっていても、理也の体は無意識に捩《よじ》れた。

(気持ちいい……)

触れられたところが、熱くて、じんじんする。

「あ……ぁ……っ、……」

もっと奥に触れてほしくて、理也は泣き声を上げた。きっと今自分はとても浅ましい格好をしているのだろうなと思う。でもそうさせているのが東吾なら、恥ずかしくても我慢できる。

しばらくして、さんざんぬるぬると中を探っていた舌が離れていった。腰を抱かれて、また身を起こされた。

「――これで、理也は私の言うことしか聞けなくなるかもしれない」

後ろから東吾が耳許で囁いてくる。

理也には、それは嬉しいばかりのことだった。頷くほかに、返答なんて考えられない。

「最初から、東吾さまだけです」

理也は一度だって東吾以外の人のために何かしたいと思ったこともない。

たかが徴がないだけで、狐の力を持てなかっただけで、どうして一緒にいることを周りから阻まれなければならなかったのか、理解できない。

理也が泣きながらそう言うと、東吾が笑う。

「じゃあ、これは単に、恋のための儀式かな」

さっきまで散々舌で濡らされた理也の窄まりに、昂《たか》ぶったままの東吾の先端が宛がわれる。膝を抱え上げられ、理也は東吾に背中を預けるようにしながら、ゆっくりと体の中に東吾を呑み込んでいく。

「う……、……ぁ……、あ……ッ」

押し開かれる感じに苦痛を感じたのなんて、最初の数秒だけだった。

『……本当に、気も狂わんばかりだったよ』

秋野の言葉が理也の脳裡に蘇る。

『その時の交わりは、狐にとっては勿論、狐使いにとっても信じがたい快楽になるんだ』

繋がったところが熱く、融《と》けそうだった。腿が引き攣《つ》るように動いて、もっと深く東吾のものを呑み込もうとしているのが自分でわかる。

「あ……っ……やぁ……」

嫌なことなんて何もなかったのに、理也は気持ちよすぎるのが怖くて、小さく首を振った。東吾の唇が首筋に当たる。そこに軽く歯を立てられると、繋がったところから頭の先まで震えが走り、理也は喉を逸らしながら高い声を漏らす。

「いや……ぁ、……うあ……ァ……！」

深く、根元まで東吾の身を収めたところで、体を軽く揺さぶられ、理也は全身を震わせた。

「理也」

後ろからきつく抱き締められて、耳許で名前を呼ばれる。

「りや」

音で囁かれただけなのに、それが『理夜』と、本当の名前で呼ばれたことがわかった。

ぎゅうっと、腕で抱き締められる以上に胸が締めつけられる感触がした。

繋がったところから熱いものが流れ込み、それが強烈な快楽になって、理也は自分を失いそうになった。

「あぁ……っ、東吾さま……、東吾さま……っ」

怖くなって名前を呼ぶと、すぐそばにいる東吾の存在をはっきり感じる。東吾と繋がっている自分が自分だと、間違いなく確信できる。

（熱い）

繋がっているところばかりでなく、体中がどろどろに融けてしまいそうだ。

小刻みに体を揺すられ、下から突き上げられて悲鳴のような短い呼吸を繰り返しているうち、ふと、東吾が小さな笑い声を零した。

「理也、わかるか？」

「え……？」

「三枝理也」

人としての名前を呼ばれた。

「しっぽが出てる」

「……え……!?」

ぎょっとして、理也は大きく広げられた自分の脚の間に目を落とした。だが見えるのは東吾に比べればささやかな大きさの自分のペニスが、精一杯上を向いて止めどなく先走りの体液を零しているところばかりだ。繋がっている部分も見えない。

「くすぐったい」

まさかからかわれたのかと理也が怒りかけた時、東吾がまた笑いを堪えるような声で言う。

——言われてみれば、東吾と自分の体の間に、妙にふさふさした感触がある。

お互い何も身にまとっていないのだから、肌以外のものが触れ合うはずがないのに。

「やっ、え……、あ、ご、ごめんなさい……っ」

快楽に我を忘れたせいで、人としての姿を保っていることが、おろそかになってしまったらしい。はっとして頭に触れてみたら、耳も、人ではなく獣のものに変わっていた。どれだけ夢中になって、どれだけ我を忘れていたのだろう。

「こら、逃げるな」

逃げたいわけではなかったのだが、恥ずかしすぎてどうしたらいいのかわからず無闇に手脚をばたつかせる理也を、東吾が後ろからさらにきつく抱き締めた。

「可愛いな、理也は」

みっともない、と思っていた自分の姿に、東吾がどこかたまらないというふうに呟いたことに、理也は驚く。

「本当に、最初から可愛かった。狐の姿をしていた時も——人の姿になった時も、ずっと一途に私のことばかり見て、私のことばかり考える理也に、どれほど慰められてきたのか。理也はまだわかっていないんだろうな」

耳を食まれる。唇で何度も触れられ、東吾まで狐にでもなったように、舌で毛並みを撫でられた。

「あ……ん……」

耳のつけ根辺りを舐められると、理也の全身の震えが止まらなくなる。狐の姿の時はただ気持ちいいばかりなのに、どうして人の姿の時に狐の耳をそんなふうに触られると、頭がどうかしそうなくらい気持ちいいのか。

「……くすぐったい」

東吾がまた笑い声を立てた。お互いの体の間で理也の尻尾がふさふさと動いているのが、どうしてもこそばゆいらしい。

「だって、止まらな……」

「じゃあ、こっちを向こうか」

「……ッ」

体を抱え上げられ、ずるりと、体の中から少し東吾のペニスが引き出された。内壁を太いもので擦られて、理也は咄嗟に目を瞑ると声もなくびくびくと震える。

東吾に腰を支えられ、脚を動かされて、目を開けた時には理也は相手と向かい合う格好になっていた。

「これだと、可愛い尻尾がよく見える」

どことなくからかう調子で言いながら、東吾が理也の尻尾を根元から先まで、手で握るようにしながらすうっと撫でた。

「……っ、……んっ」

理也は東吾の首に両腕を回し、また大きく身震いした。東吾を受け入れている場所が、きゅうっと縮まって、外と中といっぺんに手酷い快楽を与えられて、声もなく涙をこぼすことしかできなくなった。

「こら、あんまり締めつけるんじゃない」

あまり叱るふうでも言いながら、東吾の掌がごく軽く尻尾のつけ根上がりを叩くと、さらに強烈な快感が相手と繋がったところから湧き出てくる。

「やぁ……いや……いやぁ……」

むずがる子供のような声が漏れた。嫌がるように腰を捩ると、東吾に貫かれた内側が擦れて、それがまた気持ちよくて、気持ちよくて、理也はその動きを止められない。

恥ずかしいと思う間もなく、東吾が理也の腰を摑んで、理也の動きを助けるように揺さぶってくる。

「あっ、あ……」

片手でそうして理也を揺さぶりながら、反対の手では理也の腰の辺り、尻尾のつけ根を東吾が叩き続け、理也はもう過ぎる快感のせいで我をなくして、ただ泣きじゃくった。

「……ッ……！」

お互いの体の間に挟まった、上を向いた理也の性器から、白いものが飛び出す。連続して訪れる快感の波に、理也は自分が射精したことにも気づけなかった。

「んっ、く……」

苦しいような声が漏れる。東吾はまだ理也の中で動いていて、理也は東吾との繫がりを解く気が起きない。

（もっと……）

心の中で思ったつもりが、もしかしたら外に声が漏れてしまったかもしれない。東吾が理也を揺さぶる動きが激しくなる。理也はぎゅうっと東吾の首に縋りつきながら、顔も相手の方に擦りつけた。

「きもちいい……もっと……」

無意識に、何度もねだる言葉を口にしてしまう。東吾が今度は理也の腰を抱えて、また布団の上に横たえる。腰を掲げたまま、大きく脚を曲げて広げられた。

「んっ、ぁ……あ……！」

さっきよりも大きな動きで、深いところから浅いところまで、早い動きで中を擦られる。東吾は理也の腰を片手で支えるついでに相変わらず尻尾のつけ根や尻尾そのものを弄びながら、何度も理也の中を穿《うが》った。

「理也……」

東吾の呼吸も乱れ、理也を呼ぶ声は甘くて、理也はあんまり大きな声を出してしまわないよう自分で口許を押さえながら相手を見返した。東吾の瞳に映る自分の姿はひどくいやらしくて、浅ましいほどだったけれど、そんな自分を見つめる東吾の瞳も熱っぽかったから、理也は余計に煽《あお》られるだけだった。

「理也」

東吾が口許を押さえる理也の手をどけさせて、唇を重ねてくる。理也は待ちきれずに唇を開いて、東吾の舌を受け入れた。

繋がった場所すべてから、熱い力のうねりと——東吾からの愛情が流れ込んできて、理也も熱心に自分の心を相手に伝えようと東吾に縋る。

（もっと……）

東吾と舌を絡め合いながら、理也は貪欲に、相手から与えられる感覚すべてを心と体のすべてで味わった。

◇◇◇

気づいた時には目の前にシーツがあった。

どうやら眠っていたらしい。理也はまだ重たい瞼を擦ろうとして、うっすらと視界に入ったのが白い毛並みであることに、ちょっと驚いた。

（あれ……）

少し無理に瞼を開くと、間近に東吾の顔があった。

「起きたか？」

問われて、はい、と返事しようとしたのに声が出ない。

理也は改めて自分の姿を自分で見て、今、人ではなく狐の姿になっていることに気づく。

「少し、疲れさせすぎたようだな。悪かった」

そう言って理也に手を伸ばし、目許の辺りを撫でてくる東吾の顔は、笑っていて、あまり悪いと思っているふうではない。

「寝ている間にそうなってたんだ。——一応、ちゃんと最後までは人の姿だった」

最後までは、と言われて、理也は自分たちがずいぶん長々と繋がり続けていたことを思い出してしまった。人の姿だったら爪の先まで赤らんでいたところだろう。

達した東吾の体液を、二回体の中に注ぎ込まれたところまでは、覚えている。けど自分が何度射精したかとか、どんなことを口走ったかという辺りは、おぼろげだ。

「このままここで寝ていなさい。風呂に連れていってやりたいが、私も疲れた」

理也は何と言っていいのかわからず、ただただ、東吾の方に身をすり寄せた。東吾がそれを腕で抱き寄せてくれる。

『——あの、東吾さま』

そのまままた寝入ってしまいそうになる手前で、理也は大事なことに思い至った。

『徴は……』

「……」

秋野につけられた痣は消えたのか。東吾のものであるという証は新たにつけることができたのか。

訊ねた理也に、東吾は何も言わなかった。急激な不安が理也の胸を覆う。

『……ごめんなさい』

疲れている、と東吾は言っていたが、このまま寝てしまうことなんてとてもできそうにない。理也は身じろいで、東吾の唇に鼻面を押し当てた。きっとこれはよくないことなのだろうと思いながら、東吾の口中に舌を這わせる。

東吾と一度深く繋がったら、どうすれば相手から力を与えてもらえるか——それを自分の意志で『奪う』やり方も、理也にはわかるようになってしまった。

東吾の力を借りて、疲れ果てた体を少し立て直す。目を閉じて、人としての形を思い出すと、自分がそれに向けてゆっくりと変容するのがわかった。

東吾の腕の中で、理也は狐から人の姿に変わった。

おそるおそる、自分の脚に目を落とす。

「——」

そこには、大きな花のような痣が広がっていた。

それを確かめて、理也は安堵と歓喜の息を吐き出す。秋野につけられた半端な形ではない。

もっと鮮やかに肌が色づいている。

「これ……東吾さまのものですよね」

理也は、嬉しくて仕方がなかった。あれほど望んだ徴が現れたのだ。

なのになぜ東吾が浮かない顔をしているのかがわからない。

「東吾さま……？」

「これでおまえは、完全に竹葉の狐になってしまった」

理也のこめかみの辺りを手の甲で撫でながら、東吾が浮かない顔のまま笑う。

「おそらくおまえが一番力の強い狐になるだろう。もう口実をつけて屋敷から離して、三枝たちに守らせ続けることもできない。私は竹葉の当主として、おまえを危ない役目にも駆り出さなければならなくなったんだ」

「そんなこと」

東吾が自分の身を案じてくれることも嬉しい。

でも理也にとっては、東吾の役に立てることの方が、何より嬉しかった。

「これからは、俺が東吾さまをお守りします。東吾さまの狐として、誰よりお役に立ちます」

「――ひとつ、約束してくれないか、理也。命令はしたくない」

じっと目を見て呼びかける東吾に、理也は頷いた。

「はい」

「何があっても、私の代わりに身を投げ出すような真似をしないでくれ。おまえたち狐はそういうふうにできているから、無理な話なのかもしれないが……」

理也の頭を撫で続けて、東吾が言う。

「おまえは竹葉の狐というだけではなくて、私の恋人なんだ。他の狐と同じようには扱わない。そのせいで、里の狐とは軋轢《あつれき》が生まれてしまうかもしれないけれど」

火野たちとは一緒に暮らせないということだろう。

同じ狐の仲間だと思えば、それは寂しいことなのだろうが、理也にはやっぱり東吾以外を一番には思えない。

恋人、とはっきり口に出して東吾に言われれば、理也の体を巡るのは少しの羞《は》じらいと、大きな喜びばかりだった。

「はい」

だから、理也はまるで迷わずに頷く。

「約束します。東吾さまを守り続けるために……ずっと一緒にいるために、命を投げ出すようなことは決してしません」

そうしなければ、どうしても東吾の命を救えないような場面を除いては。

思ったことを、理也は東吾には告げずにおいた。

東吾もきっと理也が言えなかった本心には気づいていただろう。だがそれには触れず、ただ理也の体を引き寄せて、きつく抱き締めた。

理也は思う存分東吾の方に身をすり寄せる。

「このまま朝までおやすみ、理也。起きたら、うるさいやつらを黙らせなくちゃならない」

「はい」

頷いて、理也は東吾の腕の中で、その体温と心臓の音を感じながら、これまでにないくらい満たされた気分のまま眠りに就いた。

8

日が昇りきる前から、御蔵たちがまた東吾の離れに押しかけていたようだ。

それを、ゆうべと同じく、理也は目を覚ましてから知った。布団の中に東吾のぬくもりがないことにまず落胆して、それから前庭の方で厳しく東吾を糾弾《きゅうだん》する声を聞き、飛び起きる。

「皆で夜通し話し合った結果です。やはりあなたが狐に誑かされていないという確信が持てない。我々はあなたに竹葉家当主としての資質があるとは思えない」

「左様。一晩待ったこと自体が過ちであったと結論付いた。今すぐにでも、あの狐を始末してしまうべきだ。あなたの手に負えなくなる前に」

「先代のことを思い出されるのが賢明ですな」

男たちの声音には、いつもどこかで東吾を侮るような響きがある。理也はそのことにまたかあっとなって、何か言い返してやろうかと、立ち上がりかけた。しかし自分が何も身にまとっていないことに気づくと、慌てて辺りを見回す。ゆうべ東吾に脱がされた着物は布団の向こうに丸まって転がっている。代わりに、枕元にきちんと畳んだ清潔な着物が用意されていた。

「――私は竹葉家の当主だ。この中で、誰が私よりも強い力を持っている？」

急いで着物の袖に腕を通していると、落ち着いた、力のこもった東吾の声が聞こえて、理也はつい動きを止めた。

「理也はすでに私の狐だ。私以外の者の命令は聞かない。祖父が名を与えたあの白狐の言うことモだ」

わかるものか、と男たちが口々に反駁《はんばく》している。その声音で、彼らがひどく秋野を怖れていることがわかった。東吾を糾弾するのは、その怯えの反動でもあるのだろう。だから余計に理也を忌み嫌い、排除しようと躍起《やっき》になっている。

「わかるものか、あの性悪狐の傲慢さを、あなたは子供だったから覚えていないんでしょう。先代のそばに我がもの顔で侍って、我らを竹葉の者、自分が従うべき人間とも思わぬ姿で」

「その血を引くであろうあの子狐が、同じように振る舞わぬという確約があるのですか」

「――理也」

騒がしくわめき立てる男の声の中で、凛とした東吾の声が響くと、辺りがしんとなった。東吾のたった一声で男たちが黙り込み、理也はきちんと着物を身につけてから、東吾に呼ばれるままそっと前庭の方へ向かい、そこへと続く襖を開けた。

男たちは前庭に大勢詰めかけ気色ばみ、東吾は羽織袴姿で椽側に立ち、落ち着いた様子で彼らを見下ろしている。

「徴を見せてやりなさい」

「はい」

素っ気なく命じる東吾に、少しだけ気の進まない様子があるのを見て、理也は口許が弛みそうになるのを慌てて堪えた。本当は、他の人に見せたくないというのが、少なくとも理也にはとてもよくわかった。

なのでなるべく必要以上には肌を晒さないよう、理也は着物の裾をはだけて、左脚の内腿にある花の形をした痣を、庭にいる男たちに披露した。

改めて、昇りかけた陽の下で見てみると、思った以上に痣の色も形も鮮やかだ。――秋野の胸についた痣よりも、もっと大きい気がする。

「これが、生粋の竹葉家当主である私のつけた徴だ。祖父でさえ、あの白狐にこれほどのものを刻めたか？」

男たちがざわめき、険しい顔で目を見交わし合っている。

「理也が私の命を聞かなくなった時は、理也でなく私を殺すといい。その時は、理也も生きてはいられないから」

東吾を殺す、などと東吾自身が言うことに、理也は身も心も竦みそうになった。

——が、それが絶対にあり得ない未来だと誰より理也が知っていたので、すぐに怯えを吹き消した。

「そうだな、理也」

「はい。俺は死ぬまで東吾さまのもので、東吾さまの命令だけに従い、東吾さまのためだけに生きます」

着物の裾を直し、ゆっくりと噛み締めるようにそう口にすると、言い知れない幸福が理也の全身を浸した。

「誰にも、絶対に、東吾さまを殺させたりはしません」

そこまで言うことを、東吾はおそらく望んではいなかっただろう。

だが堪えきれず、理也は男たちを見据えてはっきりと告げた。これまで御蔵や他の男たちの前では無意識に萎縮していた心と体が、今は東吾のそばにいて、何の怖れも感じない。

代わりに、男たちの方が、どこか怯んだような——なのに理也から目が離せず、まるで魅入られたような様子で、立ち竦んでいる。

「これでもなお、言いたいことがある者はいるか？」

東吾の呼びかけに返る言葉はなかった。

さらに、東吾が言葉を続ける。

「当主として、おまえたちに改めて命じる。これからは理也だけではなく、里の狐に対する待遇をかねてから私が主張していたとおりのものに変えるように。すべて竹葉の大切な狐だ。乱暴に扱って力で言うことを聞かせたり、不必要に痛めつけるような真似は決してしてはならない」

「しかし、これまでは――」

咄嗟に反論しようとした男を、東吾が微かに細めた目で見下ろす。

それだけで男は気圧《けお》されたように黙り込んだ。

「これまでのことはこれまでのこと、今後はすべて私の命令に従え。反論がある者はここそと私の目の届かぬところで逆らうような真似をせず、直接訴えにくればいい。理に適っていると思えば私もそれを受け入れる。ただの思い上がりと判断すれば、一切耳を貸さない。――わかったか」

男たちは戸惑ったように顔を見合わせ、少しざわついていたが、東吾が冷厳な態度を保ち続けているのを見ると、何か怖れをなしたような表情になり、項垂れた。

「わかったのであれば、立ち去れ」

東吾の言葉を受けて、誰からともなく、男たちが前庭から去っていく。「あれではまるで先々代の……」と誰かが囁く声が理也にも聞こえた。稀代の狐使いだと名高かったらしい先々代の当主を彷彿《ほうふつ》とさせるものが、東吾の中に見えたのかもしれない。

理也は自分よりもずっと年上の男たちを相手に凛然《りんぜん》とした態度を貫いた東吾の姿に、何か体から力が抜けそうなくらい、魅入られていた。東吾の声や言葉の調子が、いつもよりも深くて強くて心地よすぎた。

一人でぞくぞくしていたら、東吾が理也へと視線を向けた。その微かに口許が笑っている。前庭からはもう男たちの姿が一人残らず消えている。誘われた気がして、理也は東吾の体に飛びついた。

東吾が理也の背を抱き返しながら、明るい笑い声を立てている。つい今し方、男たちに対して厳然とした態度を取っていた時とは、大違いだ。

「何だ、さっきまでずいぶんと凄《すご》みを利かせていたのに。また可愛い理也に戻ってしまったな」

理也が考えていたのと同じようなことを、東吾が言う。それはこっちの言葉です、と言い返そうとしたが、理也は急に不安になって、東吾を見上げた。

「……可愛くない方がいいですか？」

東吾の前でももっと大人ぶった方がいいのだろうか。おずおずと訊ねた理也の頬に、東吾が軽く唇をつける。

「どんな理也でも、私にだけは可愛く映るから、大丈夫だ。――ただあんまり、他の者に狐の力を使わないように。必要な時は私が黙らせる、いいね」

最後は少し窘められるように言われて、理也は小さく首を竦めた。耳が出ていたらしゅんと下を向いていただろう。

東吾にわからなかったはずがない。理也は初めて意図的に、東吾や自分に逆らう気を失くすよう、少しだけ男たちの精神に干渉した。東吾を侮るようなことを口々に言っていた男たちを、どうしても腹に据えかねていたのだ。

しかし、東吾が駄目だというのなら、勿論理也はそれに従う。そもそも東吾自身で彼らを説得できたのに、差し出がましいことをしてしまったと、反省もした。

「はい。東吾さまの命令以外では、もうやりません」

「そうしなさい。まったく、気が気ではないよ」

勝手なことをしたと叱るより、無軌道な力の行使を責めるより、単純にやきもちをやいているふうにしか聞こえなくて、理也は微かに溜息をつく東吾の胸に思い切り顔を擦りつけた。

「お館様」

　しばらく東吾と抱き合って、顔や頭を擦りつけたり、東吾に撫でられたりしている間に、至極冷静な男の声が割って入り、理也はぎょっとした。しっぽが出ていたら逆立ちそうなほどだった。

「申し訳ありません、秋野を取り逃がしました」

　いつの間にか前庭にスーツ姿の三枝がいて、榛側に立つ東吾の前に膝をついている。

「火野たちにはまだ探させていますが……」

「お……お父さん」

　思わず声を漏らしてから、理也は自分の口を手で押さえた。

　血を分けた本当の父親が秋野であると知ってしまった今、この養父のことを、父と呼んでいいものなのかわからない。

「そうか。動きを封じる呪を乗せた傷をつけておいたし、どこかに潜伏するにしろ、当分は大人しくしているだろう。捜索は続けるよう狐たちに指示してくれ」

「はい」

　三枝も、やはり、竹葉の血を引く人なのだ。何年も一緒にいながら、理也は初めてそれを実感した。秋野に襲われた時には、大きな弓を持っていた気がする。こうやって、ずっと東吾に仕えてきたらしい。

「理也」

東吾の足許で項垂れる三枝を何となく戸惑いながら見下ろしていた理也に、東吾が呼びかける。

「おまえは今までどおり三枝たちと暮らしてくれ。少しずつ訓練して、狐としての力を今以上に使いこなせるようになってもらう」

「……」

てっきりこのまま東吾と一緒に暮らせると思っていた理也は、不意を突かれた気がして、うまく返事ができなかった。

「今の学校を卒業したあとは、大学に通って、そのあとは私のいる会社で働いてもらう」

だが続いた言葉に、ぱっと目の前が明るくなる感じがした。

「そうしたら、それからは、東吾さまとずっと一緒にいられるっていうことですよね」

東吾が目許を和ませて笑う。理也はますます東吾に抱きついてしまいたかったが、養父の手前、必死に我慢した。

「そうなれたらいいなって思ってました」

「三枝たちには、今以上にしっかりと理也を守ってもらう」

はい、と返事をしたのは三枝だ。

「アキはあれで百歳を越す化け狐だから、いつまた理也にちょっかいをかけにくるかわからない。理也も、気をつけて過ごすんだぞ」

「もう、大丈夫です」

理也も大きく頷いた。東吾の狐となった今、もう秋野に惑わされて誘い出されるようなこともない気がする。

「三枝、報告ご苦労だった」

東吾が、退出を促す調子で三枝に言う。平伏したあと、去り際の三枝が自分と東吾を見てちょっと笑った気がして、理也はわけもなく赤くなった。

「三枝たちだけは、私がどんなふうに理也を大切にしているか、機があるごとに言い聞かせているから」

そう言って、東吾が一人で赤らんでいる理也の目許にまた唇をつけた。理也はまだ三枝がその辺りにいたらどうしようかと気になったが、気配を探ったら充分遠くに去っていたためにほっとする。普通に歩くにしてはずいぶん速く遠ざかっていたから、三枝が気を利かせてくれたのだと気づいて、結局また恥ずかしくなってしまったが。

「しばらくは誰もここに近づかないかな」

そう呟いた東吾が、理也をひょいと抱き上げた。理也は大人しくされるまま、東吾の肩に担ぎ上げられる。そのまま、寝室へと連れていかれた。

「疲れているならただ寝るだけにしておくが」

布団の上に横たえられ、見上げると、東吾が上に覆い被さっている。理也は答えるより先に、その頭を両腕で抱き込んだ。ゆうべ長いこと東吾と交わっていて、疲れてはいたが、まだ足りない。そんな気持ちを隠すこともなく、目を閉じ東吾の頭を引き寄せて相手の唇を探す。

また三枝の家で、しばらくは東吾と頻繁《ひんぱん》に会えない生活を始めなくてはならないのなら、触れ合っておける時間だけでも思う存分そうしていたい。

東吾も同じ気持ちであることが伝わってくる。少し邪魔そうな仕種で羽織を脱いで、理也の着物の帯も解き、すぐに昨日の晩と同じように裸に剝く。

相手の肌を直接味わいたくて、理也も東吾の着物に手を伸ばしてから、ふと思い至ってその手を止めた。

「理也？」

もぞもぞと身じろぐ理也の仕種に、東吾が不思議そうに首を傾げる。

本当は一刻も早く東吾とまた繫がりたかったが、始まればすぐに我を忘れてしまうだろうから、正気なうちに伝えて起きたいことがある。

「俺も……東吾さまにお願いがあります」

理也は東吾の腕から抜け出ると、改まって布団の上に正座をした。

「何だ？」

東吾も理也に合わせるように居住まいを正し、問い返してくる。

理也はじっと、東吾をみつめた。

「俺がちゃんと訓練して、東吾さまの役に立つ狐になれたら、東吾さまと……一緒に暮らしたいです」

きっと図々しい願いなのだろうと思いながら、理也はそれを請わずにはいられなかった。

東吾の会社で働くよう言ってはもらっているが、同じ建物の中で働けたとしても、四六時中そばにいられるわけではないのかもと、急に不安になってしまったのだ。

「身の回りのお世話を何でもします。もうそういう人がいるのかも知れないけど、秘書とか、そういう……一番近いところで、東吾さまをお守りさせてください。昼も夜も、ずっと、東吾さまのそばにいさせてください」

シーツに手をついて、理也は精一杯東吾に頭を下げた。

「――それは、私の方のお願いだと思ってたよ」

そして返ってきたのは、東吾の笑いを含んだ声。

理也はパッと顔を上げた。

「じゃあ理也には、狐の仕事の他に、花嫁修業もしてもらわないとならないな」

「は……花嫁修業ですか」

予想外の単語が飛び出してきて理也は赤くなり、そんな理也を見て東吾が笑う。

「それからもうひとつ、頼みがある」

「はい、何でも」

「――裸で土下座をするのはやめてくれ、何だか、とんでもないことをさせてる気分になる」

「……！」

言われて初めて、理也は自分が素っ裸であることに気づいた。気が急いていたので自覚していなかったが、指摘されると死ぬほど恥ずかしくて、東吾に手招かれるまま、慌ててその腕の中に戻る。慌てすぎたせいか、人から狐の姿に変わってしまい、東吾に余計笑われた。

「こら、その格好じゃ手が出せないだろう」

からかうように言われるのが、ますます恥ずかしい。

交わるために人の体に戻ろうとするのもどうも気恥ずかしくて、早く触れ合いたい気持ちと羞恥心が混じり合い、わけがわからなくなってしまう。

何とか人の形を取れた——と思いきや、焦りすぎたせいかまた中途半端に耳としっぽが消せていなくて、理也は隠れるように東吾の体にしがみついた。

「ご、ごめんなさい、すぐに、ちゃんとしますから……！」

しかし焦れば焦るほど、自分がどうやって人間の姿を保っているかもわからなくなってしまう。

理也は半泣きなのに、東吾はただただ笑って、自分の首筋に目許を擦りつける理也の顔を上げさせた。

「私はまあ、このままでもいい。でもこれ以上狐になられると、やっぱり何だかとんでもないことをしてる気分になるから、頑張ってここで留まってくれ」

「は……はい、頑張ります……！」

果たしてうまくできるだろうか——と不安でいっぱいだったが、それ以上に東吾と触れ合いたい気分の方が大きくて、理也はまた自分から東吾の唇に唇を寄せる。

——結局途中で危うく狐に戻りかけてははっとして留まることを繰り返しつつ、疲れ果てて完全に狐の姿に戻るまで、理也は長い時間東吾と熱心に触れ合い続けた。

あとがき

狐と狐使いに関して等あれこれ設定がありますが、書き切れなかったというか書かない方がいいだろうと思い本編で触れずにいたもののひとつが、理也《りや》の養父母が東吾《とうご》のため隙あらば理也の写真を撮ったり、様子をこまめに記録してあげてますということでした。理也を監視するためという建前ですが、実際のところは東吾の趣味のためです。『今日の理也さん』みたいなメールが毎日届いてると思います。東吾と三枝《さえぐさ》夫妻は仲よしです。

兼守美行《かねもりみゆき》さんにイラストをつけていただきました、ありがとうございます。ラフが届くたび理也のかわいさと東吾の格好よさに震えながら転げ回っていました、狐を書いてよかったな…！　と心から思いました。ありがとうございます！　耳と尻尾は素晴らしいな⁉

本当に楽しく書いたので、読んでくださった方にも多少なりとも楽しんでいただけていると嬉しいです。もしよかったらご感想など教えていただけるとさいわいです。

ではでは、この本をお手に取ってくださり、ありがとうございました！

Platinum Label

恋狐《こいぎつね》の契《ちぎ》り

プラチナ文庫をお買いあげいただき、ありがとうございます。
この作品を読んでのご意見・ご感想をお待ちしております。

★ファンレターの宛先★

〒102-0072　東京都千代田区飯田橋3-3-1
プランタン出版　プラチナ文庫編集部気付
渡海奈穂先生係 / 兼守美行先生係

各作品のご感想をWEBサイトにて募集しております。
プランタン出版WEBサイト http://www.printemps.jp

著者――**渡海奈穂**(わたるみ なほ)
挿絵――**兼守美行**(かねもり みゆき)
発行――**プランタン出版**
発売――**フランス書院**
〒102-0072　東京都千代田区飯田橋3-3-1
電話(営業)03-5226-5744
　　(編集)03-5226-5742
印刷――誠宏印刷
製本――若林製本工場

ISBN978-4-8296-2596-5 C0193

©NAHO WATARUMI,MIYUKI KANEMORI Printed in Japan.
＊本書のコピー、スキャン、デジタル化等の無断複製は著作権法上での例外を除き禁じられています。本書を代行業者等の第三者に依頼してスキャンやデジタル化することは、たとえ個人や家庭内での利用であっても著作権法上認められておりません。
＊落丁・乱丁本は当社にてお取り替えいたします。
＊定価・発売日はカバーに表示してあります。

プラチナ文庫
Platinum Label

P2576

●好評発売中!●